「……あ、あぁ………」
次々に宝玉を押し込まれていき、
一葉は全身を震わせた。
「おまえは本当に、後孔を虐められるのが
好きだな。こんなに硬く、熱くしている」

Illustration／TATSURU KOHJI

プラチナ文庫

軍服の花嫁

あさひ木葉

"Gunpuku no Hanayome"
presented by Konoha Asahi

プランタン出版

イラスト／小路龍流

目次

※本作品の内容はすべてフィクションです。

湯浴みをしたあと、用意されていたのは二種類の着物だった。

片方は、品のいい絣《かすり》。

もう片方は、真っ白な着物だった。

(……鳥?)

その白い着物を手に取った一葉《ひとは》は、小さく首を傾《かし》げる。

白い布地の着物には、織の紋様が入れられていた。

首の長い鳥は、鶴《つる》だろうか。そして、木に咲く花はおそらく梅。裾《すそ》のほうには、菱形《ひしがた》の地紋。

一葉は悩んだあげく、白い着物を手に取る。

着物以外には、帯も下着も用意されていない。

羽織《はお》ると、着物は裾を引くほど長かった。

一葉は痩《や》せがちではあるが、身長は十六歳にしては長身のほうだ。着物は女物のようだから、おそらくもともと裾を引く仕様なのだろう。

歩きにくさを感じながらも、一葉は長い廊下を歩き出す。

冬の箱根《はこね》は、冷え込む。火照《ほて》った体のせいか、足裏の冷たさを鋭く感じた。

どれくらい、歩いただろう。

廊下を二度ほど曲がった突き当たりの襖《ふすま》の前で、一葉は立ち止まる。

そして、羽織っただけの着物の襟元《えりもと》をぎゅっと握った。

「覚悟が決まったら、白い着物をまとって部屋に来い、か……」

一葉は、小声で呟《つぶや》く。

さすがに、逡巡《しゅんじゅん》する。

この襖を開いた先では、一人の男が待っているはずだ。

彼は男娼窟に売られそうになった一葉を助けてくれた。

そして、ある取引を持ちかけてきたのだ。一葉の一生を決めるような、取引を。

着物を手にした時点で、一葉は覚悟を決めていた。

取引に応じないのであれば、この白い着物を着ることも、夜更けに男の部屋を訪れることもしなくてよかったのだから。

けれども、足が竦《すく》む。

一歩が踏み出せない。

一葉の胸を複雑な想いが入り交じった。

出会ったばかりの彼のことを考える。

鋭い目をした男だ。でも、驚くほど率直で……。

じっと立ち竦んだまま考え込んでいた一葉は、思い切ってその場に膝《ひざ》をつき、襖に手をかけた。

「失礼します」

部屋の中に声をかけると、男の返事はすぐにあった。いっそ寝ていてくれたらよかったのにと、この期《ご》に及んでまだ迷う。それだけ重要な岐路に一葉は立っている。

そして、決めたのだ。

この男の役に立つ、と。

きちんと正座したまま手をつき、頭を下げた一葉は、部屋の中に入った。

「……覚悟は決まったようだな」

脇息《きょうそく》にもたれかかるようにして、男は酒を飲んでいた。

年の頃は、二十代の後半くらいだろうか。

柔和で、いかにも貴族という顔かたちをしているのだが、眼光は鋭い。その挑戦的な瞳の光が、とても印象的だった。

ほどよく筋肉質で、年に不相応の落ち着きが彼にはあった。

「……はい」

「着物が、よく似合っているよ。色は白いし、髪が黒いからだろうな。……もっと近くに来なさい」

男の口調は、いちいち上からの物言いだった。それも仕方ないのだろう。彼は、生まれついての支配階級だ。

一葉は無言で男の傍《そば》に寄る。

しかし、あまり近づきすぎるのは遠慮があって、拳《こぶし》一つくらい間をあけ、かしこまってしまう。

「よく顔を見せてごらん」

「あ……っ」

手首を摑まれ、引かれた一葉は、そのまま男の膝の上に転がってしまった。

羽織っているだけだった着物の合わせははらりとほどけ、一葉の白い肌が見える。

男は一葉の顎《あご》に手をかけ、上を向かせた。

「綺麗な目をしている。……涼《すず》しげで、よい目元だ」

「……」

男の視線で値踏みされていることに羞恥《しゅうち》を感じ、一葉は目を伏せる。

自分の容姿が、男性にとって魅力的だということは、少し前に思い知らされていた。

一葉はどちらかというと女性的な容姿だと、よく言われる。早くに亡くなった母親は美貌の人だったが、その人とはあまり似ていないのだけれども。

涼しげな切れ長の目元だが、黒目が大きくて潤《うる》んだように見えるらしい。眉《まゆ》は、すっと細い筆で描いたよう。

華やかというよりは、凜《りん》とした容姿だとよく言われたものだ。

男の視線はいやらしいものではなかった。

一葉を売ろうとした女衒《ぜげん》たちとは違う。

もっとひたむきな目を、彼はしていた。

「本当に、後悔はないね？」

「はい」

一葉は、間髪入《かんぱつい》れずに頷《うなず》く。

一葉も男だ。決めたからには、貫《つらぬ》きとおす。

「では、その着物を脱ぐんだ。そして、体を見せなさい」

一葉は、小さく喉《のど》を鳴らす。

自分は今から、この男に自分自身を売り渡すのだ。

自分の将来と引き替えに。

そして、彼の慰《なぐさ》めになるために。

一葉は震《ふる》える手で着物を摑むと、そっと肩から滑《すべ》らせた。

「雪のような肌だな。……美しい」

「あ……っ」

畳の上に押したおされ、一葉は声を上げる。

白い着物が広がり、その上に一葉は横たわった。もともと帯も何もない状態だから、裸身はあからさまになっているはずだった。

下着も何もつけていない、生まれたままの姿が。

「やめるならば、今のうちだ」

男の囁《ささや》きは優しかった。彼なりに、一葉を気遣っているようだ。

一葉が拒《こば》めば、この人は手を放してくれるだろう。彼の欲望を知っているからこそ、ぎりぎりの思いやりが胸を打つ。

この人ならば、いいのだ。

「……やめません」

一葉は長い睫《まつげ》を伏せる。

「どうぞ、ご随意に……」

「そうか」

男は楽しげに、くっと笑った。

「おまえのその覚悟に応えて、このまま抱いてやろう」

男は自分の着物の帯を解《と》くと、ゆっくりと一葉の上にのしかかってくる。

「この花嫁衣装の上で、おまえを『妻』にしてやる。私だけのものに」

「ん……っ」

口唇を吸われ、一葉は小さく息を呑む。

（花嫁衣装……。だから鶴なのか）

生まれてはじめての接吻《せっぷん》は、男に奪われた。そしてこれから一葉は、純潔も奪われるのだ。

そして、男の所有物になる。

一葉に何度か接吻して、男はそろりと口唇を動かした。

一葉の、細い首筋へ。

男は一葉の肌をきつく吸うと、不意に思い出したかのように尋《たず》ねてきた。本当に、今更のようなことを。

「ところで、男娼窟に売られるのを嫌がって逃げ出したおまえが、どうして私に体を許す気になったんだね？」

「騙《だま》された挙げ句、ひどい環境で大勢の男に辱《はずかし》められるのは嫌です。でも……」

初めて肌に触れられる怯《おび》えに体を硬くしながら、一葉は答える。

「あなたならば、嫌わずにすむと思ったから」

「なぜだ？」

「公正だからです」

一葉は、よどみなく答えた。

嘘ではない。

一葉に決意を固めさせた一番の理由の根底には、男のその性質があった。

「公正？」

男の声に笑みが含まれる。

「それは驚いた。そんなことを言われたのは生まれて初めてだ。世間では私を、手段を選ばない策謀家《さくぼうか》だと呼んでいるよ」

「……でもあなたは、初めから俺に明言した」

「ん？」

「『身代わり』だと」

一葉は静かにその言葉を紡《つむ》いだ。

男が誰よりも愛してやまない相手の身代わりとして、自分は生きていく。その覚悟を滲《にじ》ませて。

男は、わずかに目を細める。

「それが、君のお気に召したのか」

「もう、欺《あざむ》かれるのはごめんです。だから……」

それは、一葉の嘘いつわりのない本音だった。

血のつながった父親に欺かれそうになった一葉は、もうあの絶望を味わうのはごめんだった。美しくも優しくもなくていいから、嘘よりは真実の言葉が欲しかった。

そして男の態度は、一葉のそんな気持ちにぴたりとはまった。

彼に、好感を持ったのだ。

一葉のまっすぐな視線に、男の顔が映る。彼は一瞬、いたましそうな表情になったが、やがてからかうような笑みを浮かべた。

「そのほかの部分で、私がどうしようもない男だったらどうする?」

「どこか一つでも、愛すべき点があるのであれば、そこを見つめていきます」

「なるほど、見事な覚悟だ」

男は、恭《うやうや》しい仕草で一葉のまぶたに口唇を押し当てた。

「自分らしくない、衝動買いをしてしまったと思っていたが……。どうして、私の直感もまんざらではないようだな」

一葉の体の隅々《すみずみ》に口唇を這《は》わせ、男はうそぶく。

「今宵から、おまえを寵愛《ちょうあい》してやろう。……『身代わり』として」

「はい……」

「抱かれているときは、『旦那様』と私を呼べ」

傲慢《ごうまん》に命じられたが、一葉は逆《さか》らうつもりはなかった。

選んだのだ、この人を。

「……はい、旦那様……」

従順《じゅうじゅん》に返事をした一葉に満足したかのように男は笑うと、より深く一葉へと体を重ねたのだった。

——そして、経る年月。

1

「『常盤《ときわ》』隊の剣持《けんもち》、これに参りました」

御簾《みす》の前に膝をつき、剣持一葉は恭しく頭を下げた。

その御簾の向こうには、この国を統《す》べる唯一無二の存在である主上《おかみ》が座しているはずだ。

もちろん、一葉のような身分では、彼の姿を直接見ることはなかなかできない。

平民の出身である一葉は本来、到底、御前に出られるはずもないのだ。

世の中には、歴然とした身分制度が存在していた。個人の資質や感性などでは、越えられない壁が存在している。

とはいえ、一葉はどちらかといえば、高貴な出の人間と間違われることが多い。おそらく、十代のうちに高貴な人のもとに引き取られたからだろう。

あまり肉付きはよくないが、肌はなめらか。髪は腰がなくて細く、さらりとしている。

女性には見えないながら、端麗《たんれい》な容姿だと言われることも多かった。切れ長の瞳は黒目がちで、一葉自身はもうちょっとすっきりしていたほうがよかったのではないかと思っているのだが。

「剣持、近う」

御簾の向こう側から、声がする。それは主上の声ではなく、彼の一番傍近くに仕えている侍従《じじゅう》のものだ。

高貴な身分の者は、みだりに人に声を聞かせたりしない。そんな古い風習が、まだここでは守られている。

「……はい」

一葉が膝を進めると、侍従が命じてくる。

「葉山《はやま》のあたりを、主上が明後日《あさって》お召しになる。人員を派遣し、お守りせよ」

「はい」

頭を下げたまま、一葉は頷く。

(明後日か……)

急な話だが、仕方がない。これも仕事だ。

「退がれ」

短く命じられ、一葉はそのまま御前を退出しようとする。

しかしそんな一葉に、御簾の中から低い声が聞こえてきた。

「忠義に感謝する。山科《やましな》にも、そのように伝えてくれ」

一葉は、さっと緊張した。ほんの数度しか聞いたことはないが、聞き間違いようがない。

主上自らの、励《はげ》ましの言葉だ。

これ以上の名誉は、軍人としてありえないだろう。

「勿体ないお言葉、ありがとうございます」

緊張のあまり、一葉はひっそりと汗を掻《か》いていた。


宮中を守る近衛《このえ》隊の中に、ひとつだけ異質な小隊がある。それが、『常磐』。いずれ主上の地位を嗣《つ》ぐであろう、いまだ幼い御子と、その母親である御息所《みやすんどころ》――彼女は『葉山のあたり』と呼ばれることが多い――をもっぱらお守りするために作られた隊だ。

発案は、貴族院議員である公爵、山科克久《かつひさ》。

今は鎌倉《かまくら》に隠棲《いんせい》し、ほとんど表に姿を現さない彼ではあるが、まだほんの若いころに、この国を二分した戦争で、主上をお守りした側を勝利に導いた立役者の一人で、その勢力は、いまだ宮中にも政府にも及んでいる。

現在の彼があえて名誉職のような役職にしかついていないのも、自分の地位や存在は法律ごときで規定されるものではないのだという、彼の傲慢さの表れだという噂だ。

主上の信頼も厚く、現在でも何かあれば、「山科に聞くがよい」というのが主上の口癖だった。

その山科が作り上げた『常磐』には、誰も口を出せない。

家柄も人柄も優れた人材を集めているというのが前提であるはずなのに、たとえ隊長の一葉が卑《いや》しい出自でしかないにしても。

一葉はもともと、平民だ。しかも、先の戦争では主上に弓引いた賊軍に縁深い商家の出だった。

本来ならば、近衛隊に入れるような身分ではない。選《え》りすぐりの兵を集めている、『常磐』ならばなおのことだ。

しかし、一葉は十代の半ばで山科に拾われ、育てられた。年は十三歳ほどしか違わないのだが、山科は親代わりなのだ。

山科の後ろ盾があるからこそ、本来一葉にはふさわしくないような地位についていても、誰も文句が言えるはずがなかった。

そんな自分の身分をわきまえている一葉は、出しゃばることはなく、仕事をただひたすら、淡々《たんたん》とこなしていく日々だった。

「山科の私兵集団」と陸軍省の軍人たちに陰口を叩かれることもある『常磐』の隊長としての日々は、心労のほうが多い。隊に入る隊員を選り抜くのも一葉の仕事だが、親山科、もしくは中立の華族出身の隊員を見極めるのも、一苦労だ。ただでさえ微妙な立場なのだから、能力的に優れているうえに、品行方正の人材でないと困る。

幸い、今いる隊員たちは、誰もが信頼をおける者たちだった。

もちろん、隊員たちをまとめ、他の隊の人々と折り合いをつけつつ職務をこなすというのは、簡単なことではない。しかし一葉は、与えられた職務をこなすのが自分の義務だと思っている。不満は何もなかった。

『常磐』が、御息所と御子の特別警護の隊として発足《ほっそく》したのは、理由がある。

現在の宮中での権力闘争はすさまじいものがあり、生まれた御子たちが不自然に亡くなったり、主上の御子を懐妊中の女性が階段から突き落とされて流産してしまったりという物騒《ぶっそう》な話が頻繁《ひんぱん》にあったのだ。

とうとう、主上の男御子で今も健《すこ》やかなのは、主上の寵愛もっとも厚い御息所の御子一人となってしまっている。

残念なことに少し体が弱い御子ではあるが、その御子のつつがない成長を守るために、『常磐』は存在している。

主上の本当に近しい部分に係わる、特殊な任務だ。しかも、敵は暴徒ではなくて後宮の女性たちや、その後ろ盾である華族たちである。細かい気遣いと、事を荒立てずに収まりをつける判断が要求される仕事だった。

きわめて繊細《せんさい》な任務の取りまとめを任されたのは、山科が一葉を信頼しているからだと思うと、一葉はそれだけで幸せになれる。彼のためならば、激務も厭《いと》わなかった。

とはいえ、それはまったく一葉の私的な感情で、部下たちに難しい命令を下すたびに、申しわけなくは思うのだが。

(明後日の非番は誰だっただろう。悪いが、休みは取り消しになるな)

詰め所に戻った一葉は、出勤表を確認しはじめる。

もともと、隊員の人数は多いわけではない。昼夜問わず御子をお守りし、今回のように葉山のあたりの護衛につくとなると、非番の隊員たちの手も必要になる。

明後日の非番は、一人だけ。副官である土御門《つちみかど》のようだ。侯爵である彼は、一葉より一級下である少佐。名門土御門侯爵家の当主で、山科に目をかけられていたこともあってか、一葉を上官として尊重し、ときには外部からの風よけにもなってくれる得難い部下だった。

（土御門少佐と一緒か……）

一葉は、小さく息をつく。

気心知れた相手だから、ありがたい。

非番の取り消しは気の毒だが、早速連絡しなくては。

明日の夜から、葉山入りすることになる。支度も必要だ。

（……葉山）

体の中で、何かがずくりと蠢《うごめ》いた気がする。しかし一葉は、それをさりげなくやり過ごした。


馬場で新人の高瀬《たかせ》少尉の相手をしていた土御門を、一葉は見つけた。葉山行きの旨を告げると、土御門よりも高瀬のほうが早くに反応した。

「やった！」

両手で万歳《ばんざい》しかけた高瀬は、一葉の視線に気づいたのか、ささっと手を下げた。

「あ、いえ、行ってらっしゃいませ」

愛嬌《あいきょう》のある可愛らしい顔をしている高瀬は、照《て》れたように笑う。

高瀬男爵家の子息である高瀬は、素直で愛くるしい性格をしていた。しかしながら、どうも土御門に対しては反発しているようだ。

(とはいえ、これはこれで気が合っているわけだが)

高瀬が聞いたら、おそらく反論がかえってくるだろうが、新人教育を土御門に任せた自分の判断は正しいと思う。

「高瀬少尉、いいことを教えてあげようか」

土御門は、すっと高瀬に顔を近づける。

「な、なんでしょうか。少佐」

「もともと、私は明後日非番だった。つまり、君と顔を合わせる機会が減るわけではないのだよ」

気品のある笑みを浮かべた土御門に対して、高瀬はあからさまにしかめっ面《つら》になる。

「……ぜひ、代休を取ってください」

「何を言うんだね。可愛い君を置いて、一人休めるものか」

「あ、いえ、小官のことを、放っておいてください。ぜひ」

高瀬は、思いっきり首を横に振っている。

「遠慮深いな」

「遠慮なんてしてません！」

土御門が、高瀬の細い腰を撫《な》でる。

「ひゃっ」

高瀬は小さく身震いして、一葉の背後に隠れてしまった。

高瀬は土御門が苦手なようだが、土御門は高瀬がお気に入りだ。そのため、よく新入りをかまっている姿を見かけた。

しかし、いつまでも漫才《まんざい》をさせておくわけにもいかない……。

一葉は小さく咳払《せきばら》いをする。

「明日の夜、葉山に発ちます。土御門少佐は準備を」

「はっ」

敬礼した土御門に答礼をして、一葉はその場を去ろうとする。

ところが、高瀬を置いて、土御門が追いかけてきた。

「剣持隊長」

「どうかしましたか?」

部下に対しても、一葉は丁寧語を使っている。

自分の出自を恥じているわけではないのだが、なるべく頭を低くすることで、無用なもめ事を避けたいからだった。それに、信頼する部下を大切にしたいという気持ちの表れでもあった。

「いえ……。明日の宿ですが」

何をいまさらと、一葉は首を傾げた。

「葉山のあたりの別邸を、いつものようにお借りすることになります」

「実は小宮は先日、山科公爵にお会いしまして」

山科の名が出たことに、一葉はわずかに動揺《どうよう》する。

しかし、土御門はそれに気づいているのかいないのか……。おそらく、気づいているのだろう。気品をぎりぎり失わない、意地の悪い笑みを浮かべている。

「隊長へのご伝言です。葉山に寄ることがあれば、必ず鎌倉にある山科の別邸に泊まるようにと」

一葉は小さく息をつく。

「……承知しました」

「自分は、葉山の御方様の御座所に泊まりますので、どうぞごゆるりと」

土御門は有能な男だ。華族軍人にしては腕も立つし、一葉も信頼している。

しかしながら、彼はいつも一言余分だった。

年もそんなに変わらないから、気安いのかもしれない。

「宮中で、そのようなことを口にするのはいかがかと思います」

一葉は小さく息をつく。

土御門は山科に目をかけられているし、一葉とは士官学校時代からの知り合いだ。それもあって、一葉と山科の真の関係を知っていた。とはいえ、それをほのめかされることを、一葉は好まない。

「あいかわらず、お堅い人だ。しかし、その謹厳《きんげん》さも、あなたの清涼な美しさに華を添えるだけだが」

土御門の言葉に、一葉は眉を顰《しか》める。

「不適切な発言は、やめていただきたい。ここは宮中です。どこに他人の目があるかもわからないのに……」

「これは失礼。差し出がましい真似をいたしました」

再び敬礼した土御門だが、ちっとも悪いと思っている顔はしていなかった。

「どうぞ、鎌倉の御前には『お手柔らかに』とお伝えください」

一葉は、細い眉を上げるだけにする。いちいち相手をしていたら、土御門を喜ばせるだけだ。

「……あいかわらず、氷の塑像《そぞう》のように顔色を変えない方ですね」

面白くないなどと呟く土御門のことは綺麗に無視して、一葉はその場を立ち去る。

土御門を苦手にしている、高瀬の気持ちがわからないでもない。


そして、二日後。

鎌倉を訪れた一葉は、公爵・山科克久が隠棲している鎌倉の別邸に来ていた。絢爛豪華《けんらんごうか》というわけではないが、見えないところまで手が尽くされている、美々しい日本建築だ。

山科は三十そこそこで、政治の第一線からは身を引いていた。政治の世界を退いたのは、「乱世を治めるに向く者と平安の世を治めるに向く者がいて、自分は前者であり、引退するのが国のためだ」という潔《いさぎよ》い考え方からだ。しかし、その人望と名声ゆえに、いまだ隠然とした権力を持っている。

現在は、前途有望な青年たちを集め、政治的な私塾を開いたりして、後進の人材育成などに熱心だった。

「あなたの教え子は、何もかもを面白がるきらいがあるようですね。困った人だ」

酒を注《そそ》ぎながら、一葉は困惑したような表情になる。

「兵衛《ひょうえ》が、どうかしたのか」

杯《さかずき》を傾けながら、山科はにやりと笑った。

彼は品のよさと精悍《せいかん》さがほどよく入り交じり、鋭い眼差《まなざ》しをした男だった。体はよく鍛《きた》えられていて、現役を離れた今も体つきが緩《ゆる》んだりしていなかった。

食えない顔と、少年のようないたずらな表情と、両方を持っている。

（心あたりがあるくせに……）

とは、口には出さないが。

「揶揄《やゆ》されました」

一葉は、小さく呟いた。

山科は、愉快そうに喉を鳴らした。

「あれは、気に入った相手をかまいたがるからね。しかし、一葉はあまり感情的になってくれないと残念がっていたよ」

「……土御門少佐にも困ったものです。私をからかうのは結構ですが、宮中ではやめていただきたい。どこに、人の目があるかわからないのに」

一葉は溜息をつく。

実は一葉は、後見人であり、父親代わりに育ててくれた山科の情人だ。関係は、もうずっと長いこと続いている。

彼に拾われた、その日から。

山科に特別に可愛がられ、たびたびこの鎌倉の別邸にも滞在している土御門は、一葉と山科の関係を知っている。

まったく秘密にしているよりは、信頼できる相手と心のうちを分かち合えるほうが気は楽になるものの、一葉は心穏《こころおだ》やかではない。

(旦那様は、悠然《ゆうぜん》としていらっしゃるが……。こんなことが表沙汰《おもてざた》になったら、醜聞《しゅうぶん》になるじゃないか)

男色の気のある男というのは、珍しくはない。しかし、どちらかといえば青春時代の過《あやま》ちとして、いずれ妻を娶《めと》り、子をなすことが前提で受け入れられているのだ。

一葉と山科の年まで関係が続いていて、しかも互いに独身となれば、口さがない人間に何を言われることかわからない。

ことによっては山科が失脚《しっきゃく》してしまう可能性もある。華族籍剝奪という、不名誉な処分をされる恐《おそ》れだって考えられる。

一葉は、それだけは避けたかった。

自分の存在が、山科の不利益になることだけは。

（……これが、情というものなのだろうな）

十代のうちに家族から離れた一葉にとって、山科は唯一私的な場所で親しい相手だ。情をかわす、唯一の相手。

それに、恩人でもある。

一葉のもてるすべてで山科に尽くしたい。

だがしかし、自分の気持ちがただの恩だとか情だとか、そんなものではないことに、一葉はうすうす気づいていたけれども……。

（長く傍にいすぎたのかもしれない）

過ぎた情を抱いてしまっている自分を、一葉は山科に対して申しわけなく思う。

山科が一葉を囲っているのは、一葉本人に対して特別な感情があるからではないのだ。

一葉の本当の気持ちは、絶対に明かせなかった。山科の重荷になるだけだろう。

それに、想いを成就《じょうじゅ》させようと、努力することも許されるような立場ではないのだ。

山科は、養い子である一葉以外の家族はないが、親族はいる。もちろん、みんな華族だ。

彼らは、山科が妻を娶らないことを心配して、最近は一葉にまで「公爵に妻を娶るよう伝えてくれ」「正式な妻を娶るのを嫌がるのであれば、せめて子供を……と、ご忠告申し上げよ」と言うようになった。

そして、「そろそろおまえも、お褥《しとね》を辞退したらどうだ？」と一葉自身、釘を刺されることがある。

自分と山科の年を考えると、仕方がない。山科が一葉に目をかけた事情は、親族の誰もが知っている。

そのため、一葉の存在は今まで黙認されてきた。

しかし、そろそろ潮時なのかもしれない。

一葉はひっそりと胸を痛めていた。

帝都《ていと》と鎌倉に別れて暮らしているので、そう頻繁に会うこともない情人。『常磐』ができてからはなおさらだ。

山科は何も言わない。彼は情が深い人だから、一葉を放り出すようなことはしないだろう。だが、一葉のほうがわきまえて、閨《ねや》での奉仕《ほうし》を辞退するべきではないかとも、思わないでもなかった。

山科の親族は「よく今まで仕えてくれた」と、ねぎらってくれる。決して、一葉を邪魔にしているわけではないのだ。彼らなりに一葉の先行きも心配しており、妻を世話してくれようとする者までいた。

一葉は、山科の犠牲者だと思われているのだ。

一葉と山科の関係は、決して一葉が望んではじまったものではない。また、山科は一葉を欲したが、それは愛情でも執着《しゅうちゃく》でもなかった。

彼の眼差しは、一葉を通して別の人間に注がれている。

そのことを知りつつ、一葉は山科と関係を持った。山科が一葉を必要としなくなるまで、望まれれば肌を許し、どれだけでも淫《みだ》らに振る舞う覚悟がある。

けれども、二人が出会ってから年月が流れすぎていた。

(もう、私は……)

ここ何年も、一葉は鏡を見るたびに恐ろしい想いをしていた。

出会った頃、一葉はまだ十代だった。今、成長した一葉は、随分面変《おもが》わりしている。そろそろ用済みだと言われるのではないかという、不安はいつも胸にあった。

割り切った関係のはずだ。

だが、一葉の胸には、常に山科に捨てられるかもしれないという怯えがあった。

もっとも、情人でなくなっても、一葉と山科のつながりが途絶えるわけではなかった。

自分たちは、保護者と被保護者の関係だ。山科は、情人でなくなったとしても、一葉はずっと自分の家族だと、昔から言ってくれていた。一人ぼっちの、一葉の孤独を拭《ぬぐ》うように。

それに、山科は一葉を信用して『常磐』を任せてくれているのだ。政財界の荒波を経験し、戦争を制した彼の信頼を得るのは難しいし、一度与えた信頼を彼は容易に翻《ひるがえ》さないだろう。

山科との、心のつながりを信じている。それなのに、別れの不安がつきまとっていた。山科に会うたびに「これが最後」と言われたらどうしようと、漠然《ばくぜん》とした恐れが胸をよぎる。

絶対に、口にはしないけれども。

「……どうした、一葉？」

杯を仰《あお》ぐ手をとめ、山科が尋ねてくる。

「いえ……」

一葉は、小さく頭を横に振った。

そして、不安はひっそりと胸に納めようとする。

山科は、思わせぶりに眉を上げた。

「……おまえの憂《うれ》い顔は色っぽいと、兵衛が言っていたぞ。気疲れして、長い睫を伏せた横顔がたまらないそうだ。切れ長の瞳が愁いを含んで潤んで――」

「あ……」

抱き寄せられ、一葉は小さく声を漏《も》らす。

「まさかとは思うが、兵衛と情を交わしたりしていないだろうな」

「……私の体に触れるのは、あなただけです」

一葉は呟く。

土御門との仲を疑われるのは心外だ。

しかも、山科は楽しそうに一葉をからかうだけで、嫉妬《しっと》のかけらもみせない。

山科は一葉本人を欲してくれているわけではないから、それは当たり前なのだが、複雑な想いが一葉の胸を疼《うず》かせた。

「たまにしか可愛がってやれないからな……。どうも心配だ。体を見せてみろ。確かめてやるから」

「……はい」

そのつもりで湯は使ったあとだ。

けれども、羞恥のあまり、白皙《はくせき》の頬《ほお》に朱が差す。何度抱かれても、体は馴れきっていても、心は馴れない。いつでも、新鮮なときめきがあった。

「どうぞ、ご存分に……」

一葉は単衣の襟元を、自ら広げていこうとする。

「違うだろう、一葉。おまえの貞節《ていせつ》が、乳首だけでわかるものか。さんざん私が可愛がってやったから、すっかり大きく、熟《う》れた色になっているくせに……」

そう言いながらも、山科は一葉の片肌を脱がせた。そして、あらわになった乳首を、捻《ひね》り上げる。

「ああ……っ」

一葉は小さく声を上げると、山科にしなだれかかった。

「お許しください。そんな……力任せに……は…」

「一葉は感じやすいからな。許せ」

「……ん…」

詫《わ》びのように乳首を撫でられ、一葉は濡《ぬ》れた吐息を漏らす。

山科に揶揄されたように、一葉の乳首は大きくふくらみ、赤らんでしまっている。長年に亘り、山科に調教され、『女』にされてしまった体だった。

「……ここでは、ないだろう?」

「ああっ」

くにくにと乳首をこねられて、一葉は切れ切れに声を上げる。

「おまえの一番淫猥《いんわい》な場所を見せてみろ」

「はい……旦那様……」

乳首を虐《いじ》められながら、一葉は正座していた脚を崩《くず》す。

山科のことを『旦那様』と呼ぶのは、こうして情を交わしているときだけだ。はじめて、抱かれたときに、そう呼ぶように教えられたのだ。

「……どうぞ、ごらんくださいませ。旦那様」

一葉は、膝を立てる。

そして、自ら着物の裾をたくし上げ、淫らな下半身を剥き出しにする。

下着はつけておらず、乳首を弄《いじ》られて感じてしまった性器があらわになった。

「もう硬くしているな」

「……はい」

一葉は目を伏せると、膝を開き、山科の目に秘部が見えやすいような、あられもない格好になる。

「……ご存分に……」

囁くように、一葉は言う。

「私の体は、あなたのものです」

本当は心もなのだと言ったら、山科はどんな顔をするのだろうか。

けれども一葉は、その一言を口にすることはできないままでいた。


「……ん、あ……い…い………」

高熱が出たときのように震えながら、一葉は山科の愛撫《あいぶ》を受けていた。

山科は、開かれた一葉の股間へと口を近づけ、ためらいもなく後孔へと舌を這わせていた。

「兵衛も……他の男にも、許していないんだな？」

「はい……許していません…」

「そのわりには、ほぐれやすい。なぜだ？」

山科の、少し上げていた髪が額《ひたい》に落ちかけている。

乱れた前髪の隙間《すきま》から、彼はじろりと一葉を睨《にら》んだ。

「男を咥《くわ》え込んで、柔らかくなっているわけじゃないなら、理由を言ってごらん」

「……それ…は…」

一葉の薄い口唇は震えてしまう。

山科は一葉が感じやすく、恥ずかしがれば恥ずかしがるほど達《たっ》しやすいということを知っていて、言葉でもこうして虐めてくる。

呑まれまいとしても、一葉はいつしか乱れてしまうのが常だった。

「言えないのか?」

「ああっ」

このままだと、後孔の入り口を探《さぐ》られているだけで達してしまう。

一葉はとっさに、自分の手で性器を押さえた。

「どうした、一葉。自分で慰《なぐさ》めたくなったのか。本当に淫乱だな。日頃取り澄《す》ました顔をしているのに、おまえの本性はどうしようもなく淫らだな」

「……このままでは……旦那様の顔にかけてしまう…から……」

一葉は震える声で言う。

どんなに恥ずかしい体の状態でも包み隠さず言うようにと、山科には躾《しっ》けられていた。

しかし、羞恥心はたやすくなくなるものでもない。

一葉は頬を赤らめながら、恥ずかしい告白をした。

「旦那様が私の恥ずかしい孔を舐《な》めてくださるので、こんなにも感じてしまいます……っ」

「舐められただけで達してしまいそうなのか。一葉は本当に淫乱だ」

山科は、一葉の後孔の下部を指で押し、開こうとした。

「こんなに中が真っ赤になって、ひくついている。まだ私はろくに触れていないのに……。どうして一葉のここは、こんなにいやらしいんだろうな」

「旦那様のせいです」

「私?」

「旦那様に、私はすべてを教えられました」

「そのせいで、こんなに感じているのか?」

「はい……」

一葉のほっそりした頰を、涙が伝う。

快感のあまり、泣いてしまうのはいつものことだ。

(あなただからだ)

一葉は、心の中で呟く。

よほど相性がよかったのか、一葉は山科に教えられたことすべてを吸収してしまった。どんな辱めを受けても、感じるのだ。

長年に亘る調教の結果、淫乱に育ったのだと思われているのかもしれない。

けれどもそれは本当は、相手が山科だからだ。

「可愛いことを言うな」

「あうっ」

開かれた後孔の、襞《ひだ》にまで唾液《だえき》をなすりつけるように舐められて、一葉はのけぞってしまう。

柔らかな肉襞は、舌の刺激が大好きだった。

(旦那様が……私の中を舐めている)

涙で潤んだ瞳に、一葉は山科の姿を映す。

背筋が、ぞくっとした。

山科に触れてもらえるのが、嬉しくてしかたがない。

彼がいまだ、一葉に欲情してくれることを幸せだと思った。

初めて抱かれたときから、長い歳月《さいげつ》が流れている。一葉の容姿も、あのころとは随分変わってしまったというのに。

「あ……っ、い…い………っ、旦那様、もう……だめ、です……」

射精しないように自分で性器を押さえつけながら、一葉はねだる。

「もう……だめ、あ……っ」

「まだだろう、一葉。久しぶりの逢瀬《おうせ》だ。もっと私を楽しませなさい」

「ああっ！」

ひときわ強く指の腹で肉壁を押され、一葉の性器はびくっと震えた。後孔への辱めが性器の快感に直結していることを、一葉に教えたのも山科だ。

「……っ、旦那様……っ」

あられもなく身を捩《よじ》りながら、一葉はとうとう山科にせがんだ。

「お願いです。お情《なさ》けをくださいませ……っ」

「もう降参か？」

「はい……、どうか、どうか」

「駄目だ」

一葉の哀願《あいがん》を、山科は一蹴《いっしゅう》する。

「今夜は、まだまだ楽しませてもらうつもりだ。……一葉、私に奉仕しなさい」

顔を上げた山科は、傲慢に命じた。

「はい……」

一葉は目を伏せて頷くと、疼く体を叱咤《しった》しながら膝を閉じ、山科の股間に顔を近づけるように四つ這いになる。

そして、山科の着物の合わせを乱した。

「どうか……ご奉仕させてください、旦那様」

山科の性器に触れ、一葉は上目遣いになる。そして、甘えた口調で許しを請《こ》う。

「許す」

一葉の黒髪に触れ、山科は支配者の傲慢さで促《うなが》した。

「ん……」

一葉は、丹念に性器への愛撫を施《ほどこ》しはじめた。

「……っ、ふ……」

(旦那様の体……)

性器への奉仕を、屈辱《くつじょく》だとは思っていない。それどころか、山科の役に立てることが嬉しかった。

「奉仕しているときのおまえは、本当に可愛い表情になるな。兵衛などは、おまえは氷のように表情を変えないと言うが、あいつはおまえのこんな姿を知らないからだろう……」

一葉の髪を撫で、山科は笑う。

「あいつは、おまえに興味があるようだぞ。一度でいいから、抱かれて乱れているおまえの姿を見てみたいと言っていた。想像がつかないそうだ。どうだ、この姿を見せてやろう

か？」

（ひどい……）

上目遣いで、一葉は山科を睨んだ。

一葉の乱れた姿を他人に見せても、山科は平気なのだろうか？

恋人だとしたらなじれるようなことも、一葉は口に出せない。

（聞くまでもない。平気に決まっている）

山科の気持ちが自分にないと、一葉は知っているのだ。

（けれども、旦那様は私で気持ちよくなってくださっているんだ……）

何度も口づけ、舌を絡《から》めているうちに硬くなりはじめた山科の性器を、一葉は手で包み込む。

そして今度は肉杭を手でさすりながら、先端を舌で舐めはじめた。

性器への奉仕のやり方も、当然山科に教えられたものだった。

自分を使って山科が気持ちよくなってくれるのであれば、それでいい。

山科の慰めになれるのであれば……。

彼への特別な感情を自覚してからというもの、何度自分に言い聞かせたかわからないことを、一葉はまた繰り返す。

たとえ欲望のはけ口でしかなくても、いいのだ。

（想う相手と情を交わせるのだから）

始まった瞬間から、実らない想いだ。

それは知っているけれども……。

「ん……っ、ふ……」

亀頭だけ咥え、ちろちろと舌を這わせていると、その動きに合わせて、山科の性器はどんどん硬くなっていく。

その反応が、嬉しくて仕方がない。

感じてもらえている。

「一葉は上手だな。本当に美味《おい》しそうに頬張《ほおば》っている」

「ん……っ」

山科が腕を伸ばし、一葉の後孔にいたずらを始める。

山科へ奉仕することで熱くなり、ただでさえ感じやすくなっている体だ。そんないたずらをされたら、ひとたまりもない。

一葉は物欲しげに、腰をくねらせてしまう。

（欲しい……）

想いを込めて奉仕をするが、なかなか許しは出なかった。

「軍服を脱いだおまえがこんなにもなまめかしく、淫らな人間だということを、私以外の誰も知らないと思うと痛快《つうかい》だ」

支配欲を満たされているのか、山科は上機嫌だ。

「……う、く…ん………ふ…」

一葉は山科の性器を口唇から抜くと、そっと裏筋に舌を這わせた。

「熱い……」

「それが好きか?」

「好き、です……」

その言葉を口にすると、込み上げてくるものがあった。

(好きなのは、あなただ)

決して、どんな男でもいいわけではないのだ。

けれども、山科はそれを知らない。

彼は、淫乱に育てた愛玩動物《あいがんどうぶつ》から得る快感に、満足しているだけだった。

自分の気持ちが届かなくても、彼が満足してくれるのであれば、それでいい。一葉はそうやって、自分に言い聞かせてきた。

一葉は想いを込めて、山科の性器に頬ずりする。

「旦那様……。どうかもう、お許しくださいませ」

「それが欲しいか？」

「欲しいです」

「……いいだろう」

「ん……」

後孔から指が引き抜かれ、一葉はびくっと体を揺らした。

「顔が見えるように、抱いてやろう。脚を開きなさい」

「はい」

一葉は命じられたとおりに体を起こし、山科に向かって脚を開く。

「……どうぞ、旦那様……」

抱いてもらえる期待のせいか、どんどん体が熱っぽくなる。山科との逢瀬は実に一カ月ぶりで、よけいに期待は大きかった。

「私のいやらしい孔を、お使いください」

「……おまえは、本当に素直だな」

山科は、小さく嗤《わら》う。

「ほら、おまえの大好きなものだ。たくさん食べるといい」

「ああ……っ」

覆《おお》いかぶさってきた山科が、一葉の中に入り込んでくる。

肉杭は圧倒的な質感と熱さで、一葉を翻弄《ほんろう》した。

「あ……っ、あつ…い、旦那様……っ」

「おまえの中も熱いよ。そんなに待っていたのか」

「はい……」

ずぶずぶと中に入り込んでくる性器を、一葉の肉襞は包みこもうとする。大好きなものを与えられ、恥ずかしい肉筒は歓喜していた。

「あ……ぅ………っ、だんな…さま……?」

奥深くまで沈み込んできたとたん、山科の腰の動きが止まる。

不思議になって、一葉は彼を見つめてしまった。

何か気に入らないことがあったのだろうか。

「今日は、じっくり愉《たの》しませてもらうと言っただろう?」

さらなる快楽を欲しがって疼く一葉の体を無視して、山科は胸元へと口唇を寄せてきた。

「おまえの中は、心地良い。しばらく、このままでいさせろ」

「そんな……！」

一葉は、悲鳴のような声を上げてしまった。

一刻でも早く、欲しい。肉襞を擦《こす》りたて、大きなもので奥まで開かれ、精を注いでほしいのに。

「そのかわり、ここを可愛がってやる」

「あ……っ」

乳首を吸われ、一葉は思わず全身で山科にしがみついてしまった。

彼に調教されてしまったせいで、乳首は本当に弱いのだ。

「いけ……ませ、ん……旦那様……」

乳首を虐められるせいで、体奥まで痙攣《けいれん》してしまう。ぎちぎちに山科の性器を締め付けながら、一葉は泣きじゃくった。

「……むね…は……」

「胸？」

山科は、一葉の赤らんだ乳首へと爪を立てた。

「痛っ」

「胸なんていう、気取った言い方を教えたか？」

「……ちく…び、です……」

一葉は、小さな声で囁く。

「ただの乳首じゃないだろう？」

さらに意地悪く問いかけられ、一葉はぞくぞくと全身を震わせてしまう。

「……っ、淫乱……な、乳首です……旦那様に吸われるのが大好きな淫乱乳首ですっ」

山科の背に回した腕に力を込め、一葉は悲鳴のような声を上げた。

「どうか、もうお許しください。淫乱な一葉は達してしまいます……！」

感極まると、十代の頃に躾けられたように、つい自分を名前で呼んでしまう。我を忘れた幼い口調を恥じて、ますます体は熱くなっていった。

「本当におまえは、素直ないい子だ」

恥ずかしい告白を、山科は愛《め》でる。

「だが……。まだ、これくらいで達することができるとは思わないほうがいい」

「……っ、あ……いや…ぁ……！」

なおも激しい乳首への陵辱を施され、一葉は声を上げる。

「駄目です、いけません、駄目……っ！」

「そんなことを言って……。腰を揺すって、私を締め付けてくるじゃないか」

「……んっ、だめ、がまんできない、だめ……っ」

動いてくれない山科に焦《じ》れて、一葉は自ら快楽を貪《むさぼ》ろうとした。

貪欲に山科の性器を締め付け、腰を揺さぶり、快楽を得ようとする。

「あ……もう、だめ、だ……め、い……く……！」

甲高い悲鳴を上げながら、一葉は達してしまった。

山科に乳首を舐められ、自ら腰を揺さぶりながら精を吐く。あまりにも淫らだが、快楽に我を忘れてしまった一葉は、なりふりかまっていられなかった。

「もう射精したのか。本当に淫乱なやつめ。私より先に達するなんて、いつからそんなに行儀《ぎょうぎ》が悪くなった？」

「……おゆるしください……」

射精の余韻《よいん》に声を震わせながら、一葉は呟く。

「ひさしぶりに……旦那様が抱いてくださるから……。私は乱れてしまいます」

じんと痺《しび》れるように疼く肉襞が食《は》んだままの山科は、まだ硬度を保《たも》っているのだ。もっと乱暴に突きまわしてほしい。彼の欲望の激しさを感じられるよう、手ひどく犯《おか》してほしかった。

山科が一葉の体でしか満足できないようになってくれればいいと、いつも願っている。

大人しやかに従《したが》っているふりをしていても、一葉は実は貪欲なのだ。

欲してはいけない人を、こんなにも欲している。

「駄目だ、許さない」

厳《きび》しく言う山科の声には、笑みが滲んでいる。

「お仕置きをしてやろう」

「そん…な……」

「明日は仕事だろうから、また機会を改めてあげるが……」

山科はほくそ笑んでいる。

いったい、どんな淫らな仕置きをされてしまうのだろうか。

一葉は、ぞくぞくと震えた。山科に辱められることが快感である一葉は、罪深い性癖なのかもしれない。

(でも、仕事のことを気にするのが、旦那様だな……)

快楽の熱に溺《おぼ》れながらも、一葉の頭の中は一部だけ冷えていた。

山科はどれだけ淫らな仕置きをもくろんでいても、決して一葉の仕事に響くようなことはしない。

なぜならば、一葉の仕事は山科の愛する女性のためだから。

山科がこの世で唯一愛していて、永遠に手に入れることができない女性。
彼女は世に、「葉山のあたりの御方様」「御息所」と呼ばれている——。

山科は一葉をさんざん泣かせてから一度だけ達し、ようやく体を離してくれた。
寝付きがいい彼は、一葉の傍《かたわ》らで安らかに寝息を立てている。
(今日は抱いてくれたけれども、今度はわからない)
一葉は、山科の顔を眺めながら、ぼんやりと思う。
すでに快楽の熱は去っている。
抱かれている間はいい。山科に与えられる快楽のことだけ考えていられるから。
けれども、体を離してしまい、我に返ると駄目だ。不安で胸がいっぱいになる。
(いつまで、こうして寝顔を見ることを許してもらえるのだろうか)
一葉は体を起こした。
部屋の隅の姿見が視界に入る。そこには、抱かれて濡れた自分の体が映っていた。
夜目にも白い肌に、淫らな赤い色の乳首が鮮やかな体。

しかし、一葉は女性ではない。

山科と出会った頃はもっと女性的な容姿だったが、この年になってしまえば、どこからどう見ても男にしか見えない。

(年を取りたくなかった)

おぼろげな自分の姿を見つめ、一葉は溜息をつく。

こうして山科に抱かれるようになり、何年経つだろうか?

一葉が山科に拾われたのには、理由があった。

この顔だ。

一葉はそっと、掌《てのひら》で自分の頬に触れる。

(……もう私は、葉山のあたりの御方様とはかけ離れた容貌になっている……)

任務のたびに、その姿を何度も見かけている、高貴な女性の横顔を一葉は思い出す。

山科は、彼女を愛していた。熱烈に、彼女が主上の寵愛を受ける以前から。

噂を信じるならば、内々の許嫁《いいなずけ》ですらあったという……。

初めて山科に抱かれた夜、一葉は花嫁衣装を着せられた。それが誰のために用意されたものか、問うたことはない。

だが、あれは本当は、御息所に着せたかったものではないだろうか。

胸の奥が、ずきんと痛む。

出会った頃は、自分がこんなことで思い悩む日が来るなんて、一葉は考えたこともなかった。

夜中に山科の寝顔を見て、苦しむ日が来るなんて、誰が想像できただろう。

決して、望んだ関係ではない。

ただ、他に選ぶことはできなかったのだ。

一葉は勉強したかったし、飢《う》えて苦しみたくもなかった。

だから、山科に賭《か》けようと思った。

傲岸不遜《ごうがんふそん》ながら、思わぬ率直な素顔を見せてくれた彼に。


一葉は十六歳。

そして山科はまだ政治の第一線で活躍していた、二十九歳のとき。

……二人は出会った。

2

後ろを振り返りもせず、着物の裾を蹴ちらしながら一葉は走っていた。

大きな戦争が終わり、新しい国造りが始まったばかり。帝都は活気に満ち、誰もが不安と希望に満ちていた。

けれども、一葉には希望も何もない。

逃げたところで、行くあてもないのだ。けれども、立ち止まるわけにはいかなかった。

追っ手に捕まったら、一巻の終わりだ。

（逃げなくちゃ）

既に小半刻走り回っている。足はくたくたで、今にもその場に座り込み、休みたかった。

だが、男たちの怒声《どせい》が背後から追ってきて、とてもじゃないが足を止めることはできなかった。

逃げまどう一葉が訳ありだということはわかるのだろうが、誰も助けてくれなかった。

なるべく大通りを選び、なんとか雑踏《ざっとう》に紛《まぎ》れて逃げようとしているのだが、先ほどから通りすぎる人々には見事に避《さ》けられていた。

人の無情さなんて、痛感している。けれども、弱って辛くなっているときだからこそ、身を切られるような冷たさを感じた。

「あ……っ！」

膝が折れそうになり、一葉は小さく声を上げる。

もう駄目だ。

これ以上、走れないかもしれない……。

「あっちだ！」

「いたぞ！」

思わず止まりそうになった足を、聞き覚えのある男たちの声が奮《ふる》い立たせる。

（どうしよう、捕まる……！）

少しでも遠くへ。

捕まらないように……。

一葉はよろけながらも、なんとか前に進もうとした。

そのときだ。

大通りを、一台の立派な馬車が通りすぎようとした。

(お大尽《だいじん》だ)

そう思った瞬間、咄嗟《とっさ》に一葉は馬車の前に飛び出していた。

もう、他に手を思いつかなかったのだ。

「危ない！」

御者《ぎょしゃ》の声がする。そして、馬のいななき。馬車は、止まったようだ。

「……何事だ?」

道にへたり込んだ一葉に、誰かが頭の上から声をかけてきた。

誰だっていい。自分を、助けてくれるのならば。

一葉は必死で頼み込んだ。

「お願いです。追われているんです、助けてください！」

土に額を擦りつけるように頼めば、声の主《ぬし》が動く気配がした。

「助けて……！」

一葉は、ようやく顔を上げる。

馬車から降りてきたのは、思ったよりずっと若い男だった。まだ、二十代の半ばくらいではないだろうか。

それなのに、とても立派な身なりをしている。

体格のいい男だ。そして、目鼻立ちが整っていて、際《きわ》だった男ぶりだった。こんなときでなければ、見とれていただろう。

とても驚いた顔をしているのは、一葉の身なりが汚いせいだろうか。

いったい何者だろうかと、気にならなかったといえば嘘になる。だが、一葉はそれどころではなかった。

「待て！」

男たちの声が聞こえてきた。

「お願いです、助けて！」

縋《すが》るように男に言えば、彼は無言で一葉を抱《かか》え上げた。

馬車の扉が閉まるのと、追っ手が駆け寄ってきたのとは、ほとんど同時だった。

「ありがとうございます……」

男たちの罵声《ばせい》が外から聞こえてくるが、既に馬車は走り出している。一葉は、ほっと胸を撫でおろした。

そしてあらためて、自分の恩人を見上げた。

彼はとても力強い、印象的な眼差しをしていた。

（士族かな……？）

その精悍な印象とたくましい体つき、何より刀を持っていたことから、一葉は判断する。少し前までは武士の世の中だったが、今は違う。それでも、昔の名残《なごり》で刀を持って歩いている人もいるのだ。

そのわりには彼は洋装だし、髪もこざっぱりと切っていて、とてもしゃれていた。西洋文化に馴染《なじ》んでいるように見えるが。

「……転《ころ》んだようだが、足は大丈夫か？」

男が問うので、一葉は頷いた。

「はい……」

「そうだろうな」

少々意地悪げに、男は笑う。

「馬車につっ込んできたときの思い切りのよさは、たいしたものだった。狙ってやっただろう？」

何もかもお見通しで、この人は助けてくれたようだ。

一葉は、申しわけなさげに頭を下げた。

「すみません、追われていたので……」

「自分の足で逃げるよりも、馬車に乗せてもらえたら、逃げ切れそうだったからです。それに、お大尽相手だったら、彼らも諦《あきら》めるだろうと思って」

「なぜ、馬車の前に？」

「……なるほど」

男は目を細めた。

「咄嗟のことなのに、たいした判断力だ。おまえ、名前はなんと言う？」

「一葉です。剣持一葉」

「立派な名前だ」

「……父がもともと、大店《おおだな》だったのです。藩《はん》お抱えの」

「だった、とは？　今は違うのか」

「……」

一葉は口を噤《つぐ》む。

うかつなことは、口走れない。

「ふん、まあいい」

男は、一葉の顎を指で摘《つま》み上げた。

「ところで、おまえは華族の親戚はいないのか？」

「とんでもありません。うちは、ただの商家です」

一葉は、切れ長の瞳を丸くする。いったい、この男は何を言い出すのか。

「……そうか。まあ、そうだろうが」

男は一葉の顔を眺めながら、何か考え込んでいる様子だった。

「年はいくつだ？」

「当年、十六歳です」

「いい目をしているな。涼しそうで、賢《かしこ》げな眼差しだ」

一葉は、はにかんだ。そんなふうに褒《ほ》めてもらえたのは、生まれて初めてだったのだ。

女性的な容姿を、美しいと言われたことはあったけれども。

(でも、いいことなんて何もないいんだ……)

一葉は、追っ手たちのことを考える。

こんな容姿でなかったら、あんな男たちに追われる羽目にはならなかった。父親と養母に売り飛ばされることもなかったのに。

彼らは、男娼窟の者だ。

一葉はもともと大店の生まれだが、先の戦争で父親が資金提供をした側が負けてしまい、家は没落《ぼつらく》した。もとは、一葉の母のような妾《めかけ》を囲えるほどの大尽だったのだが。

一葉は妾の子とはいえ、教育を受け、それなりに大事に育てられた。母親が亡くなったあとは、正妻に引き取られていたのだ。

しかし、生活は厳しくなり、状況は一変した。食うや食わずの毎日の中、父親と父親の正妻に当たる人は、一葉を男娼窟の女衒に売り渡そうとしたのだった。

しかも、そこはたちの悪い男娼窟だった。大尽が金にあかせて、無茶な遊びをする。薬を使ったり、叩いたりして、少年を虐める。そういう、ひどい場所だと知っていながら、父親は一葉を売ろうとした。以前は優しかった正妻も、態度を豹変させたのだった。

一葉はうちひしがれたが、男娼窟に売り飛ばされる前に、なんとか女衒の手から逃げ出したのだ。

「ところで一葉、これからどうする?」

「え?」

「私はこれから箱根に骨休みに行く。どうせ急がない旅だ。おまえを送ってやろう」

「あ……」

一葉は口ごもった。

家に戻れない。

一葉には、他に誰も頼れる人がいなかった。

追っ手から逃れたものの、前途多難《ぜんとたなん》だった。

一葉が黙り込み、俯《うつむ》くと、男は肩を竦めた。

「あてがないってことか。家にも戻れない……。おおかた、人買いにでも売られたのか？」

「……わかりますか？」

「その綺麗な顔を見てな。先の戦争で落ちぶれた連中が、金に困って娘や妻を売るという話は聞いていたが……。息子もか」

男は溜息をつく。

「とりあえず、行くあてがないのならば……。私とともに箱根に行くか？」

「……連れていっていただけるのですか？」

「ここで会ったのも、何かの縁《えん》だろう」

男は取り立てて警戒心も何もない様子で、そう言った。

「私は山科克久」

「え……っ」

一葉は驚きのあまり、目を見開いた。

その男の名ならば、一葉のような者でも知っている。

いや、彼を知らない男など、この国にはいないのではないだろうか。

彼は先の戦争で、主上をお守りする側を勝利に導いた英雄だ。もともとは下級の公卿《くぎょう》の出身だが、剣の達人であり、主上の信頼も厚いという。

「山科公爵……」

「ああ、なんだ。知っているのか」

一葉のような平民から見れば、住む世界の違う雲の上の人だ。しかし、彼は屈託《くったく》のない態度だった。

馬車を見て、お大尽だとは思っていた。しかし、こんな大物だったなんて！

驚きのあまり言葉も出ない一葉の頭を、彼は軽く叩く。

「……おまえには、興味があるよ。一人で箱根というのも退屈だ。あちらにいる間、話し相手にでもなってくれればいい」

「はい、俺でよければ……」

一葉は小さく頷いた。

これから、どうなるかわからない。

だがしかし、彼の目を見ていると、信じていい人のような気がしてきた。

（それに、なんだか想像してたのと違う……）

もっといかめしい男だと思っていたが、実際の彼はどちらかといえば知的な印象の優男《やさおとこ》だ。女っぽくはないが、筋骨隆々《きんこつりゅうりゅう》というわけでもない。
一葉が賊軍――戦争で負けた側の縁だと知っても、こうして受け入れてくれる。彼は懐《ふところ》が広い人なのだろうと、一葉は思った。

馬車に揺られた箱根への旅の間、山科は一貫して親切だった。途中で一泊したのだが、彼は薄汚れた格好をしている一葉に着物を買い与え、綺麗にしてくれた。

山科は箱根にある別邸で、一週間湯治の予定だという。休みなしで働きづめだったが、ようやく新政府も軌道に乗ってきたので、自分が帝都を離れても大丈夫であろうと判断したところだったようだ。

「休まないと、判断力も鈍《にぶ》るからな」というのは山科の弁で、一葉もそれは確かにそうかもしれないな、と思った。

山科の別邸は建てられたばかりだった。純和風の建物で、静かな場所だった。

別邸に着いたその夜、一葉は山科の部屋に呼ばれた。話があると夕食のときに言われ、風呂に入る前に部屋へ来るように言われていたのだ。

湯浴みをしたあとに部屋に来いと言われたら、一葉は多少警戒したかもしれない。なにせ、男娼窟に売られかけたばかりだ。しかし、わざわざ風呂に入る前にと付け加えられたので、少し安心して山科の部屋に寄った。

「どんなご用ですか?」

「ああ……。少しね、おまえに聞いてみたいことがあって」

「俺にですか?」

既に湯を使ったあとなのか、山科はしどけない寝間の姿になっていた。しかし、こんな崩れた格好をしていても、油断ならない印象がある人だ。

脇息にもたれかかるようにして酒を飲んでいた彼の前に、一葉はきちんと正座する。そして、話があるという山科の言葉を待った。

山科は、じっと一葉の顔を見つめる。

「このあと、どうするつもりだ?」

「住み込みで、どこかに働き口を探すつもりです。俺は読み書きもそろばんもできますから、丁稚《でっち》奉公《ぼうこう》くらいはさせてもらえないかと……」

一葉は、道中ずっと考えていたことを告げた。

「おまえは頭のいい子だろうに……。それなりに、教育も受けてきたようだ。それなのに、丁稚奉公か」

「……はい」

正直なところ、学問を続けられたらどんなにいいだろうと思いもする。しかし、今の一葉の身の上では、そんな願いは叶うはずもないのだ。

「もし、私が援助をすると言ったら、どうする？　学校にも行かせてあげよう。望むならば、最高の教育を受けさせて、職につくまで面倒を見てやってもいい」

「本気ですか？」

一葉は大きく目を見開く。

しかし、今の一葉は到底他人の善意を信じられるような気持ちではなかった。

山科は信用できる人かもしれない。しかしなんの見返りもなく、一葉に援助をしてくれるような人とも、思えなかった。

しかし一葉は、じっと山科の言葉の続きを待つ。

「もちろん、見返りは欲しい。もっとも、おまえがそれを受けなくても、この箱根を出たあとには、うちの屋敷で使っても……いや、私の条件を聞いたら、私のもとにいるのは嫌だろうな。どこか知人のところで、使用人を探していないか聞いてやってもいい」

山科は、率直だった。

下心があっての申し出ということを、格好もつけずに認めている。

欺かれることはないだろうと、一葉はほっとした。もう、誰かに騙されたり裏切られたりするのは、ごめんだった。とりわけ、好意を持っている相手に。

それに、取引を拒んだとしても、彼は一葉を放り出す気はなさそうだ。

「条件、とは?」

一葉は、ようやく口を開く。

答えはわかっている気がしたけれども、はっきりさせておきたかった。

「おまえは、私の愛した女性によく似ているんだよ。最初に顔を見たときには、本当に驚いた」

山科は、さばけた口調になる。

そういえば、一葉を助けてくれたときに、華族に親戚がいないか尋ねてきた。

一葉が愛した女性に似ているというのは、嘘ではないのかもしれない。

「今となっては手に入らない、高嶺《たかね》の花だが……。どうだ、おまえは彼女のかわりになる気はないか?」

「それは……」

一葉は息を呑む。

「私の『妻』になるんだ」

「俺は男なのに」

「褥の中だけでいい」

　山科はにやりと笑う。

「私の腕の中では『女』になり、私の欲望を満たすんだ。もちろん、そのほかのことでおまえを縛るつもりはない。好きに生きればいい」

　驚いた。

　予想の範疇《はんちゅう》のことを言われているが、ここまであからさまだとは思わなかった。上流階級の人たちは、もっと回りくどい話し方をする印象があったのに。

「つまり、俺を囲うっていうことですね？」

「そうだな。欲得ずくの愛人関係っていうことだ」

　脇息に頬杖をつき、男は言う。

「まあ、ゆっくりと風呂に入って考えてくるがいい。返答が私の意に添わないものだったとしても、今からおまえを追い出す気はないよ。それは、約束する。」

「山科公爵……」

「ここの風呂は、温泉を引いている。汗を流して……湯浴みが終わったら、用意してある着物に着替えなさい」

山科は、いたずらっぽい表情になる。

「私の『妻』になるつもりがあるならば、湯上がりには白い着物を着て、この部屋に戻っておいで」

一葉はぴんと背筋を伸ばして、山科の顔に見入った。

——この人の、『妻』になる……?

一葉はその意味を噛みしめ、困惑《こんわく》をあらわにした表情を隠すことができなかった。


ゆっくりと気持ちのいいお湯を浴びたあと、一葉は白い着物をまとって浴室を出た。真っ白だが、鶴などの吉祥《きっしょう》模様が入っている絹の着物で、一目で高価な品だということはわかった。

いったい、どこから調達してきたのだろうか。一葉は驚いたが、自分たちが一泊してのんびりと箱根入りする前に、ひょっとしたら山科が手配していたのかもしれない。

一葉の容姿は一目見れば彼の想い人に似ているとわかっただろうから、最初から一葉に選択させるつもりで……。

（構わないけれども）

下着はつけず、一葉は直に着物を羽織っていた。本当は男の自分ではなくて、これに似合いの人がいたのだろうに。

男娼窟が嫌で、逃げ出したのだ。

いまさら、男に囲われる道を選択するなんて、元の木阿弥《もくあみ》じゃないかという気もする。

しかし、湯で旅の疲れを洗い流し、ぼんやりと山科のことを考えているうちに、一葉はこの選択肢に心惹《ひ》かれてしまった。

もう、欺かれるのも裏切られるのもごめんだった。だが、山科は率直に一葉を求めたのだ。愛した女性の身代わりとして。そういう華族らしくない率直さは好ましい……。正直なところ、一葉は彼に好意を持ちはじめていた。

一葉は誰かに恋をしたことがない。顔が似た相手だから身代わりにしたいと思う男心もよくわからないのだが、山科の心の慰めになることで、彼に助けられた恩を返したいという思いもあったのだ。

（あの人とならば、俺は……）

着物を身につけた一葉は、山科の寝所に足を向けた。

そして彼の部屋に入り、そっと畳に端座《たんざ》し、手をつく。

山科は目を細め、一葉を見つめた。

（……あ、違う……）

一葉は、どきりと胸を高鳴らせる。

山科は、今まで一葉が知らなかった表情をしている。

それは、雄の表情だった。

彼は今この瞬間に、一葉にとって『男』になったのだ。花嫁になる、一葉のたった一人の男に。


褥の上に組み敷かれて、一葉は美しい着物に裸身を横たえた。

部屋には明かりがともされたままで、凝視《ぎょうし》されるのは恥ずかしすぎる。しかし、山科はどれだけ一葉が恥ずかしがっても、明かりを消してくれなかった。

「今日は初夜だ。優しくして、感じさせてやる。おまえはただ、この褥に体を横たえて、私に愛されていればいい」

　一葉の肌の感触を確かめるように撫でまわしながら、山科は囁く。

「……まだ、無垢《むく》なのだろう?」

　性の経験を尋ねられ、一葉はかっと頬を赤らめた。

「そうです……」

　消え入りそうな声で答えると、山科は満足そうに微笑する。

「それはいい。私の色に染めてやる」

　山科の顔が、ゆっくりと近づいてくる。

「はい……」

　旦那様、と一葉は答える。

　一葉はこれから、山科の想い人のかわりに、彼の妻になるのだ。二人っきりになったら、『旦那様』と呼ぶように命じられた。

　山科の胸中《きようちゆう》を察すると、少し一葉は哀《かな》しい。彼は本当は、一葉ではない女性にそう呼んでもらいたいのだろうに。

「口唇を契《ちぎ》ろうか」

　一葉は頬を赤らめた。

「よろしいのですか?」

「どうしてだ」

「遊女は、口唇を契らないと聞きました」

「おまえは、私の『妻』だろう？」

からかうかのように、山科の声には笑みが滲む。

「おまえの純潔は、すべて私のものだよ」

「あ……」

しっとりと口唇を重ねられ、吸い上げられる。

もちろん、一葉には初めての経験だった。

「……っ、ん……」

最初は触れるだけ。しかし、何度も口唇を重ねあわせてきたかと思うと、山科はそっと舌先で一葉の口唇をなぞりはじめた。

「くすぐった……い……」

一葉が小さく体を捩ると、山科は顎を摘み上げてきた。

「口を開きなさい」

「え……っ」

「口唇を契ると言っただろう？　今のは、ただ触れただけだ」

「どうするんですか……？」

「おまえの舌を吸ってあげよう。おまえは、私の舌を吸うんだ。そして絡め合って、喉奥までまさぐり合う」

露骨《ろこつ》な説明に、一葉は頬を赤らめる。

口唇を契るという行為がそういうものだとは、うぶな一葉が知るはずもなかった。

「口を開いて」

促され、逆らえるはずもない。

一葉は、薄い口唇を開いた。

「はい、旦那様……」

あえかに呟いた一葉の口唇を、山科は塞《ふさ》ぐ。そして、口の中に舌を忍び込ませてきた。

「……っ、ふ……」

初めて口腔《こうこう》を、他人の舌でまさぐられる。ぬるりとした感触は独特で、一葉は違和感を感じた。

舌を吸え、絡めろと言われたが、どうしたらいいのかわからない。なすがままになっていたが、山科は何も言わなかった。

そのかわり、一葉の舌をちゅくちゅくと吸い、濡れた音を立てながら一葉の口腔を貪りはじめる。

「……っ、ん……」

唾液が口の中に溢《あふ》れ、濡らしていく。濡れた音は、一葉をいやらしい気分にさせた。

(なんだろう、これは……)

体が芯から、かっと熱くなりはじめる。

一葉は何度も体を震わせた。

まるで、熱が出ているときのようだ。

「……っ、ん……」

深く愛咬しながら、山科は一葉の肌をまさぐりはじめた。

顎にかけられていた指先が離れ、首筋や鎖骨《さこつ》を確かめながら、やがて胸へと触れる。

平らな胸だ。女性とは違う、体のつくり。山科は、がっかりしないだろうか?

しかし山科は、愛した女とは違う体のつくりをしているだろう一葉の体に落胆《らくたん》をする様子もなく、口唇を契り続けながら、胸元をまさぐる。

「……ん……く…っ」

一葉は、小さく息を呑む。

山科の指先が乳首に触れた瞬間、背筋にぞぞっと知らない感覚が走ったのだ。

（今のは……？）

先ほどから、今まで知るはずもなかったことばかりを教えられている。そのせいか、一葉はなんだか怖くなってしまった。

これが、『女』になるということだろうか。

山科は乱暴なことはしない。彼が優しく触れてくれているのはわかるけれども、未知の経験への恐れはあった。

しかし、一葉の戸惑いをよそに、山科の愛撫は濃いものになっていく。

「ん……っ」

指で乳首をきゅっと摘まれ、一葉は眉を寄せた。

そこはほんのりと色づいて、少しだけ柔らかいが、なんの変哲《へんてつ》もなく、触って楽しい場所とは思えなかった。

しかし山科は、執拗《しつよう》にそこを虐めはじめる。

最初はくすぐったいだけだった。けれども弄られているうちに、そこが少しずつ硬くなっていっていることに一葉は気づく。そして、疼くような、くすぐったいような、かゆいような、得も言われぬ感覚がじわじわと広がりはじめた。

「……っ、あ……ん……！」

一葉は思わず、甘えたような声を上げてしまった。

その途端、喉奥が大きく開き、溢れた唾液が逆流する。一葉は、小さく咽《む》せた。

「大丈夫か？」

口唇を離してくれた山科は、一葉の平らな胸を撫で回しながら尋ねてくる。一葉は小さく頷いた。

「大丈夫です。すみません……」

「謝《あやま》るには及ばない。咽せたな」

喉から胸へ、山科の掌が動く。乳首から指が離れたのだ。その途端、一葉は物足りなさを感じた。

そんな自分に気づいた途端、一葉の肌は紅潮する。

(どうして俺は、乳首なんかを触ってほしがっているんだ？)

こんな望みを持ったのは初めてだ。あまりにも恥ずかしすぎる。

ところが山科は、一葉の心の中を見通すようなことを言い出した。

「乳首が気持ちいいんだろう？」

言葉とともに、再びきゅうっとそこを指で摘まれる。

「あぁっ！」

一葉自身も驚くほどの声が出てしまった。

いったい、どうなっているのだろうか。一葉は戸惑《とまど》いの視線を山科に向けた。

「おまえは素養があるな、一葉」

山科はほくそ笑む。

「素養……？」

「『女』になる素養だ。乳首がいいんだろう？」

いたずらに、山科は一葉の乳首を捻ったり潰すように転がしたりしはじめる。するとそこはしこりのように硬くなっていき、一葉の体を悩ましい熱が包みはじめた。

「あ、旦那……様……っ」

「いいなら、『気持ちいい』と言うんだ。『一葉は乳首を弄られるのが好きです』と、声に出して言ってごらん。自分の体がどれだけいやらしいのか、わかるから」

「そん……な……っ」

とても恥ずかしいことを言われているのだと、経験のない一葉にもわかる。涙目になった一葉は、じっと山科を見上げた。

「……おまえは、私の『妻』になるのだろう？」

山科は乳首を揉《も》み続けながら、尋ねてくる。

「……そう、ですけど……」

「素直で貞淑《ていしゅく》な『妻』になってほしいと思っているんだよ。それでいて、褥の中では淫らに……」

「……ああっ」

かりっと乳首に爪を立てられ、一葉の背中は弓なりにしなる。全身を熱が駆け抜けた気がした。頭の芯まで、ぼんやりしはじめる。

「言いなさい、一葉。乳首が好きなんだろう?」

強く促されて、一葉は震える口唇を開いた。

「好きです……」

「何が?」

「乳首です」

言葉にした途端、自分がとんでもなくいやらしい人間になった気がした。乳首を弄られるのが好きだなんて……。

(俺は、本当に『女』になるんだ)

一葉は、熱っぽい瞳を山科に向ける。

(この人のものに……)

こうして見上げても、いい男だった。

これから一葉は、この男の欲望に仕《つか》えるのだ。

「……一葉、どうしたんだ？」

「俺は、こうしてあなたのものになっていくんですか……？」

問えば、山科はかすかに笑う。

「怖いか？」

「いえ……。どことなく、まだ夢見心地だから。実感がありません」

「夢ではないだろう？」

「あっ」

また乳首を虐められる。あまり弄られると、取れてしまうのではないかと心配になるほど、そこは先端が丸まってしまっていた。

「体が、熱くなってきているだろう？　おまえは、感じているんだ。乳首で気持ちよくなっているんだよ、女のように」

「……っ、ん…」

「好きだろう？　私にこうして弄られるのが」

重ねて問われ、一葉は頷く。

「好き、です……。旦那様に弄られるのが」

「どこを？」

「旦那様に、乳首を弄ってもらうのが……」

とうとう、恥ずかしい悦《よろこ》びを言葉にしてしまった。

恥じらうように一葉が目を伏せると、そのまぶたの上に優しく接吻される。

「いい子だ。いつだって私の前ではそうして、感じた通りに口にしなさい。いいね？　感じるのは悪いことじゃない」

「はい、旦那様……」

山科の優しい声が、身の内にゆっくりと沈みこむ。

感じて淫らになってもいいのだと、一葉が罪悪感を抱くことなく快楽に馴れていくよう、彼は導こうとしていた……後から考えれば。

「おまえの乳首はとても淫乱で可愛い」

「……っ、は……ぁ…」

「私に弄られるのが、好きでたまらないんだろうな。こんなに硬くして……」

「……あ、もう……そんな、だめ……っ」

一葉の声は、思わず掠《かす》れてしまった。

身じろぎした拍子に、下半身が山科と擦れる。その途端、自分の性器が硬くなっていることに気づいたのだ。

（どうしよう……っ）

一葉も、自分の性器に触れたことくらいはある。けれどもそこが硬くなるのは、直接弄ったときだけで、こんなふうに何もしていないうちから硬くなったのは初めての経験だったのだ。

一葉は動揺する。

全身が紅潮してしまう。

山科に知られたらと想うと、恥ずかしくてたまらない。一葉は股間を隠すように脚を閉じようとするのだが、脚の間に山科の体を挟《はさ》み込むような体勢になっていて、それは叶わなかった。

「どうした、一葉？」

一葉のもじつくような体の動きに気づいたのか、山科が尋ねてくる。

「え……っ」

「さっきから、落ち着かないな」

「な、なんでもありません！」

「素直になれと言っただろう？」

「あうっ！」

ひときわ強く乳首を摘まれて、一葉は声を漏らす。

「わかっているよ。乳首で気持ちよくなって、一葉の可愛い——が硬くなってしまったのだろう？」

「……！」

あからさまに言葉にされて、一葉はきつく目を閉じてしまった。

恥ずかしすぎて、もう山科の顔を見られない。

「隠すことはない。私の前では、何一つ。おまえは、可愛がりながらもちょっと虐めてあげると、どうしようもなく感じてしまうんだね」

「……あ、旦那様……」

一葉の乳首を左手で摘みながら、山科は右手を性器に絡めてきた。

そこは山科の指摘どおり、既に頭を擡《もた》げ、濡らしている。恥ずかしい蜜が溢れはじめているのだ。

あまりの羞恥に、一葉は体を硬くする。

「……そこ、は……」

「こんなにぬるぬるにして、はしたないな、一葉」

「申しわけありません……っ」

「悪いことではないのだから、謝らなくていいよ。こういうときは『一葉は乳首を弄られて――を硬くしてしまいました』と言いなさい。自分が感じていることを受け入れ、溺れるように……」

「そんな……っ」

「素直になったら、ここをしごいてやる」

いやらしい手つきで、山科は一葉の勃起《ぼっき》した性器を撫でた。

「だが、自分が淫乱であることを認められないなら、ずっとこのままだ。乳首だけ、ずっと虐めていてやろう」

「あ……っ」

性器に手を添えられたまま、乳首だけ弄られるのは辛すぎた。乳首も気持ちいいが、性器を擦ってもらえるほうが、より直接的な快感を味わえるに決まっている。しかし、指を添えられているだけでは、もどかしいだけだった。

「……っ、あ……旦那…様、旦那様……！」

一葉は必死で、自分の支配者の名を呼ぶ。しかし、彼は厳しかった。

「ねだり方は、教えてやった。一葉は賢い子だろう？」

「そんな……っ」

一葉は悲鳴じみた声を上げる。

このまま、乳首だけを嬲《なぶ》られ続けるのだろうか。こんなに性器は硬くなっていて、体が熱くて……。もう、我慢できない。少しでも刺激してもらえたら、達することができるのに。

「ほら、言いなさい。一葉。おまえは乳首を弄られて、どうなってるんだ？」

山科は、一葉が涙を浮かべても動じない。

彼は徹底的に、一葉に教え込むつもりなのだ。立場を。『女』ということを。彼の情人になることで、一葉が罪悪感だとか禁忌感《きんきかん》だとかを背負いこむことなく、素直に快楽へと浸《ひた》れるように。

山科と根比べしたところで、勝てるはずもない一葉は彼の前で自分を解き放つ。

「……乳首を弄られて、気持ちよくなってます……っ」

小さな声で、一葉は打ち明けた。

「どこが？」

「お……ん、です」

泣きそうになりながらも、一葉は答える。

一度堕ちてしまうと、あとはなし崩しだ。

「一葉は旦那様に乳首を弄られて、……お……ちんが、気持ちよくなってますっ」

言葉にし終わった途端、涙が出てきた。恥じらいと、快楽の涙だった。

「いい子だ」

涙をこぼす一葉を慰めるように、山科は口唇を寄せてきた。

「おまえの乳首はとても感じやすい、淫乱の乳首だな」

「はい、旦那様……」

一葉は泣きじゃくりながら頷く。涙とともに、理性が流れ出していくような気がした。山科に与えられる快楽のことしか、考えられなくなるような。

「まだこんなに小さくて可愛い、色の薄い乳首なのに……。こんなに感じやすかったら、この先たいへんだ」

一葉の涙を舌ですくいながら、山科はいたずらっぽく笑う。

「これから私に可愛がられて、虐められて、どんどん色が濃く大きくなって、もっと感じやすくなるだろうに。そのうち、一葉は乳首だけで達するようになるだろうな」

「……ひゃっ」

山科は爪の先で一葉の乳首を挟むと、くいっと軽く引っ張った。

鋭い痛みが走った衝撃で、一葉の涙は止まる。

「ご褒美《ほうび》をあげよう」

山科は、一葉の胸へと口唇を寄せた。

そして、さんざん嬲られて色が濃くなった一葉の右の乳首に舌を這わせる。

「あ……っ」

指や爪と舌の感触は、全然違った。濡れていて、熱い。新たな刺激に、一葉は我を忘れていく。

「……っ、いい……、気持ちいい、熱くて……とけちゃう……」

一葉はあられもない声を上げた。

「こっちも、だろう?」

一葉の性器に添えられた指先が、言葉と共にそろりと動いた。

「はい、旦那様……っ」

熱に浮かされたように、一葉は口走る。

「乳首も、お……も、気持ちいいです。熱くて、とけそうです!」

「もう、ぐっしょりだ。漏らしてるみたいだな」

「や……っ」

恥ずかしさのあまり、一葉は両手で顔を覆う。

しかし山科は、無情に命じてきた。

「隠しては駄目だ。私には、みんな見せなさい」

「旦那様……」

「一葉が射精する瞬間の顔が見たい。きっと、可愛い顔をすると思うよ」

命じられて、一葉は逆らうことができない。

そっと手を退け、上気した頬をあらわにする。

「いい子だ。そのまま、私を見ていなさい」

「あぁっ！」

一葉の性器を包み込んだ手と、乳首を弄っていた指先が、途端に激しく動き出す。弱い場所を一度に攻められて、一葉はどんどん乱れていく。

「……ん、はぁ……いい……」

「そんなにいいか？」

「いいです……っ」

「今日は初めてだからな。……先にいきなさい。だが、これからは私を迎え入れるまで待

つことを教えてやる」

「……ん、あ……や……もう、だめ、だめぇ……っ」

「達したいなら、『いかせてください』と言うんだ」

「……っ、いい……いいです、旦那様、気持ちいい、いかせてください、いっちゃう……!」

もう、我慢できない。

一葉は大きく身震いすると、とうとう欲望を放ってしまった。

「……っ、は……あ……」

「いっぱい出したな」

まだどくどくと白濁の残滓《ざんし》をこぼしている性器を、山科がさする。

「ああんっ」

達したばかりで感じやすくなっているらしく、一葉は背中を震わせた。

そして、熱に浮かされた瞳で山科を見つめる。

「とても可愛い顔だ」

山科は満足そうだった。

「しかし、まだこれで終わりじゃない。おまえは、『妻』になるのだから」

「はい……」

「脚を開きなさい。そうだな……。『旦那様、一葉をお使いくださいませ』と言ってごらん。私を受け入れ、悦ばせるのが、おまえの務《つと》めだからね」

一葉は恥じらいながらも頷くと、膝を立てた。強烈な感覚の前には、ためらいも恥じらいも消え失せている。ただ、次々と彼に与えられるものを受け入れ、望まれたものを与えることで精一杯だった。

さらなる悦びを自覚して。

そっと脚を開いていく。

「旦那……様……一葉をお使いくださいませ……」

「素直ないい子だ」

「ん……」

甘い口づけが、与えられる。

優しく褒められるのは、嬉しかった。ここのところ、そんなふうに誰かに言葉をかけてもらった経験が、ないからかもしれない。

山科は、一葉が開いた脚の間に顔を寄せてきた。

「あっ！」

思いがけない場所を触られて、一葉の体は跳《は》ねてしまう。山科は、一葉の体の中で一番

汚い場所に触れてきたのだ。

「旦那様、そこはいけません。汚いです！」

「汚くない」

「でも……っ」

「ここで、おまえは私とつながるんだ」

「ひゃぁ……んっ」

閉ざされた後孔を、山科の舌が舐める。一葉は、裏返ったような声を漏らしてしまった。

「馴れていないから仕方がないが、きつそうだな。……箱根にいる間は、ずっと可愛がっていてやろう。そうしないと、おまえも辛いだろうし。一刻も早く、楽しめる体にしてあげよう」

「ああ……っ」

股間で話をされると、息がかかったり、微妙な身じろぎが敏感《びんかん》な場所に伝わってきて、一葉はますます追いつめられていく。

萎《な》えたはずの性器も、また硬くなりはじめてしまった。

本来男を受け入れるべきではない場所に、山科は唾液を塗り込めていく。その舌の動きはくすぐったく、気恥ずかしくて、一葉は何度も身を捩った。

しかしそのうち、それだけではすまなくなってくる。

(乳首と同じだ……)

また、体が熱くなりはじめた。

一葉は朦朧《もうろう》と、天井を見上げる。

快感が強すぎるせいか、涙ぐんでいた。視界に入る天井の木目が、歪《ゆが》んで滲む。

山科に舐められている後孔が、疼きはじめる。乳首と同じ感覚だ。

しかも、乳首よりもその疼きはもっと強いものだった。

「よくなってきたのか?」

「……は……い……」

一葉は、啜《すす》り泣くような声を漏らした。

舐められているのは恥ずかしすぎる場所だった。しかも、そんな場所で感じて、性器を硬くしてしまうなんて、あまりにも淫らすぎる。

だが、意識するまいとすればするほど、そこの疼きは止まらなくなる。それどころか、いまだ触れられてはいないもっと奥の場所に、熱を感じはじめてしまった。

辛さのあまり腰を揺らしていると、山科が勃起していた性器を掴んだ。

「あうっ」

「これを、押さえていなさい。先ほどは許してやったが、私を置いて一人で楽しむんじゃない」

「おさえ……る?」

「手で、根本を押さえるんだ。いけないように。私の許しがあるまで、達してはいけないよ」

「はい……っ」

淫らな孔を舐められて達してしまうことよりも、自分の手で性器を摑む恥ずかしさを一葉は選ぶ。

(もう、熱くなっている)

自分が感じていることを、掌で実感する。ますます体が熱くなってきたような気がした。達するためにではなく、熱を押さえるために触れた性器は、すでにかちかちになっていた。

きっと山科のすぐ目の前では、たらたらと蜜を溢れさせ、今にも破裂しそうになっている淫らな様子があからさまになっているのだろう。消え入りたいほど恥ずかしい。

「おまえのいやらしい蜜が垂《た》れて、ますます濡れてきたよ」

舌だけではなく、指でも後孔をまさぐりながら山科は言う。そして、一葉の後孔を指の腹でそっと押した。

「あ……っ」

一葉は、太ももの付け根にぐっと力を入れた。

そうしないと、今にも達してしまいそうだったのだ。

「そろそろ、中も濡らしてやろうか。私を楽に受け入れられるように」

「……っ、あ………旦那、様……！」

「一葉も、また感じているようだしな」

「あぁんっ！」

とうとう、一葉の中へと山科が指を差し入れてきた。たっぷり濡らされ、和《やわ》らげられていたせいか、初めての異物をその場所は難なく呑み込む。

「……なか……に、旦那様の指……？」

「そうだ。気分は大丈夫か？」

「……なんだか、へんに……」

「初めてだから、しかたあるまい。……少しずつ馴らしてやる」

言葉どおり、山科は決して先を急がなかった。ゆっくりと指で探り、そのまま丹念にほぐしていく。

やみくもに山科は指を動かさず、一葉の粘膜がそれに馴染むのを待ってから、中でぐるぐる回したり、少し折り曲げたりする。強く肉襞を押されるたびに、一葉の口唇からは嬌《きょう》声《せい》がこぼれた。

「……ふ……はぁ……あ………」

「いい子だ、もう一本飲みなさい」

「は…い……」

「どんどん柔らかくなっていく。一葉の中は熱いな。入れたら、さぞ気持ちよかろう」

「……ん…っ」

立てた膝が、がくがくと震えはじめる。

性器を押さえている手は、たらたらと溢れる蜜で際限なく濡れていた。こんなにされてしまうと、我慢できなくなってしまいそうだ。一葉は耐えるように何度も口唇を噛むが、体はどんどん追いつめられていく。

「……旦那、様………っ、もうお許しください……」

一葉は哀願しはじめる。

「どうした?」

「もう、駄目です。いきたい、いかせて……」

「駄目だと言っているだろう？」

「でも……っ」

「その前に、私を受け入れるんだ。……ここに」

「ああっ」

中で指を広げられ、一葉は喉を震わせる。外気が流れ込んできて、尾てい骨から淡い震えが背を駆け上った。

しかも、山科が触れたある箇所から、今までと比べものにならないほどの快楽が突き抜けた。

「何……？」

驚きのあまり、一葉は声を漏らす。その声も、またたっぷりと欲望にまみれていた。

「……ああ、ここか。おまえの感じやすい場所は」

「いやぁっ！」

悲鳴じみた声を、一葉は上げる。

肉襞の中に埋もれたその一点は、ひどく感じてしまうようだった。性器と直結しているかのように、少し触れられるだけで先走りの雫《しずく》が溢れてきてしまう。

「そこ……だめ、いけません、だめ……もう……あ、ああ……っ」

花嫁衣装の上で、一葉は身を捩る。耐えがたい快楽だった。どうにかなってしまいそうだ。

「旦那様のお情けをくださいませ、と言ってねだるんだ。そうしたら、ここに私を入れてやろう」

山科の声が、かすかに熱っぽいものになる。男らしい色気の滴《したた》る声だった。

「中に入れたら、うんと奥まで可愛がってやる。そして、おまえは本当に私のものになるんだよ」

「はい……」

体内では、はけ口を求めて欲望が蠢いている。

山科に従うしか楽になる方法はないと、わかっていた。なんだって、できると思った。

「旦那様、お情けをくださいませ……っ」

一葉は、心持ち脚を大きく広げる。

山科の指を食み、淫らに濡れた場所が、彼によく見えるように。

「どうか、一葉の中に」

必死だった。強すぎる快楽は苦痛でしかなく、一葉はなんとかそこから逃《のが》れたかった。

その一心だった。

「いいだろう」

山科は、そっと指を引き抜く。

「……ん…」

引き抜かれるときの衝撃をこらえるように、一葉は軽く口唇を噛んだ。肉筒は、奥よりも入り口付近のほうが敏感らしい。

やがて、一葉のほぐれた後孔に、熱いものがあてがわれる。

「旦那様……っ」

その圧倒的な大きさや硬さ、熱に、一葉は思わず息を呑んだ。こんなものが中に入るだろうか。恐れのあまり、体が強ばる。

「楽にしていなさい」

一葉を宥《なだ》めるように、山科は髪を撫でる。

「大丈夫だ、無茶はしない」

「はい……」

一葉は頷くと、すべてを差し出すように目を閉じる。

未経験ながら、察していた。これで本当に、自分は山科の『妻』になるのだと。

山科は一葉の体を抱き寄せ、強く体を重ねてくる。その瞬間、一葉の後孔の純潔は散らされた。

「……あ……っ、旦那様、中に……？」

「そうだ、一葉……」

指などとは比べものにならない重量感のあるものが、一葉の中に入り込んでくる。狭い肉筒にめいっぱい、きゅうきゅうになるまでそれを頬張り、一葉はあられもない声を上げた。

「あっ、旦那様……おおきい、旦那様の、あっ、ああっ！」

「おまえの中は熱くて……柔らかいな」

「はう……ぁ…っ」

乳首を甘噛みしながら、山科は呟く。

「奥まで、私で染まってしまえ」

「あ……っ！」

一葉は思わず、目を見開いた。

中に咥え込んだ山科がひときわ大きく膨らんだかと思うと、肉襞に熱い放埒《ほうらつ》が叩きつけられたのだ。

そして、その熱の激しさにつられるように、一葉もまた達してしまった。

「……ふ……ぁ……ごめん……なさ……い」

「いいだろう。今日は初夜だから、特別に許してやる」

一葉の髪を撫でながら、山科が口唇を押しつけてくる。顔中に接吻されながら、一葉は大きく喘《あえ》いだ。

初めて後孔で感じた絶頂は、長く尾を引いた。性器の快感と比べものにならないほど、よかったのだ。

「粗相《そそう》をしたな」

「これで、おまえは私のものだ」

山科は、低い声で囁く。

(旦那様のもの……)

熱に浮かされた瞳で、一葉は山科を見上げた。

黒い瞳は、じっと一葉を見下ろしている。

そこには、思いがけない甘さが漂《ただよ》っていた。

一葉の胸が、とくりと高鳴る。

……その瞬間、一葉は彼に捕まったのだった。

3

御息所を宮中にお連れする、「葉山番」を無事に務めたあとは、どれだけ任務になれていても、ほっと肩から力が抜ける。

葉山から帝都への道のりは遠い。そのぶん、不慮《ふりょ》のできごとが起こりやすいので、決して気が抜けないからだ。

けれども、今回も無事に終わった。

土御門とともに主上の座所まで御息所を案内し、任務は無事に終了。今日と明日は、このあと非番だった。

とはいえ、隊の責任者である一葉は、すぐに家に帰って骨休めできるというわけではない。目を通しておきたい書類もあるし、来月の当番表もまだ作っていなかった。各隊員の能力の弱いところ、優《すぐ》れているところを確認し、弱いところを補強し、優れているところをよりのばすような訓練の内容も考えていかなくてはいけなかった。

とりあえず、一番新入りの高瀬の教育は土御門に任せてあるので、ひとつ気苦労がなくなって助かっているが。

一葉には、もうひとつ独断で買って出ている仕事があった。山科の政敵の動きに、目を光らせていることだ。もちろん、部下は巻きこんでいない。

そのせいで、自分が山科の手先だと罵倒《ばとう》されても構わない。

山科は有能な人だが、ときとして強引な手法で政治を行ったこともある。そのため、味方も敵も多い人なのだ。

もっとも、すっかり鎌倉に引っ込んでしまっているので、最近は目の敵《かたき》にされることも少なくなったが、主上の信頼はいまだ厚く、政府にも発言権がある身だ。敵がいなくなったわけではない。

(旦那様はまだお若いのに……)

一葉は、山科が一線を退《しりぞ》いてしまったことが残念でたまらなかった。その潔さは彼の魅力だが、まだそんな年齢ではないし、現に山科より年上で一線で活躍している人間など数えきれないほどいる。

本人は、既に中央に自分は不要だからと言うが、御息所のためなのかもしれない。

それを思うと、ずきりと胸が痛んだ。

山科は、御息所の幼なじみなのだという。だから、山科に敵意を持つ者が、御息所の敵に回るということもあって、彼女の身を危《あや》うくしないためにも、山科はあまり派手な政治活動から身を引いたのかもしれなかった。

それに、御息所の住む葉山と、山科の隠棲先である鎌倉は近い。少しでも傍にいたくて、山科は帝都を退いているのだと考えることもできた。

それほど、彼は御息所を愛している。

絶対に、結ばれない人なのに。

二人の間に、何があったのか知らない。幼なじみだとは聞いているが……。

御息所はまだ幼いうちに女官として宮中に出仕し、やがて主上の叡慮を得て、寵愛されるようになった。

そんな彼女の姿を、山科はどういう思いで見つめていたのだろうか。

(御方様と旦那様が結ばれなかったから、私は旦那様のお傍にいることができるんだ)

詰め所の自分の部屋に入った一葉は、机に頬杖をつき、御息所の姿を思い出した。

かつて、一葉は彼女に似ていたから、山科に見初《みそ》められた。彼の妻となる取引を、持ちかけられたのだ。

だが、あれから歳月は流れた。

机の上の鏡にちらりと視線を移し、一葉は小さく息をつく。

身代わりにされていることは、最初からわかっていた。打ち明けてくれた山科の公明さと潔さに惹かれ、一葉は彼のものになったのだから。

山科は一葉を淫らに調教したが、いい愛人ではあった。一葉は淫らに喘がされ、泣かされることはあっても、決して痛い目を見させられたことはない。他の男の相手をさせられたこともなく、大事に、山科の腕の中で育《はぐく》まれた。今は、帝都と鎌倉に別れてしまったとはいえ、会えば一晩中可愛がってくれる。

いつまでも、このままでいられたらいいのに。

山科のためになら、なんだってできる。

山科に慈《いつく》しんでもらえたことは、感謝している。しかしそれと同時に、彼の優しさは残酷だった。

与えられるのが快楽だけなら、一葉はこんな苦しみを抱かずにすんだのに。

快楽だけではなく、細やかな情をも与えてくれた魅力的な男の、誰よりも傍にいる。身代わりとはわかっていても、恋に堕《お》ちずにはいられなかった。

一葉は、もうずっと長い間、自分を身代わりとしか想っていない男に焦《こ》がれている。彼のためだけに、生きてきた。

山科にいらないと言われたら、どうしたらいいのだろうか。最近の一葉は、時の流れが恐ろしかった。

御息所からどんどん容姿が離れていく一葉は、山科にとって不必要なのではないか、心配だった。抱いてもらえなくなったらと思うと、身が竦む思いだ。

（こんな想いを、旦那様に知られてはいけない……）

感傷的《かんしょうてき》になっているのは、昨晩の逢瀬が久しぶりのものだったからかもしれない。離れて暮らしているから仕方ないかもしれないが、山科の執着が年々薄くなっているような気がして、不安になる。

初めて抱かれた箱根では、一週間もの間、片時も手放されることがなかった。男を受け入れる体へと、じっくり変えられたのに。

無垢だった一葉は、山科によって淫らな人間になってしまった。

あの一週間の間、着物をろくに身につけることもなかったような気がする。山科に抱かれていなかったときでも、「馴らすように」と、玩具で中を広げられた。男の悦ばせかたも仕込まれて、箱根を出るころには、自分を穿《うが》ったあとの肉棒を舌で当然のように清める真似すらもできるようになっていたのだ。

（……あ…）

下腹が、熱を持った気がする。

一葉は赤面《せきめん》した。

箱根で過ごした二人きりの時間は、今思い出しても一葉の体を高ぶらせる。あんな濃やかな愛撫をされて長い時間を過ごしたのはあれっきりだったし、調教は辛いわけではなくて、とても甘やかしてもらえたのだ。

まさに、蜜月《みつげつ》と呼ぶにふさわしい時間を、二人は共にした。

一葉の想いは、あのころから少しずつ募《つの》っていたのだ。

(次は、いつお会いできるのだろうか)

一葉には仕事がある。山科の信用があるからこそ、任されている仕事だ。彼の信用に応えて、役に立ちたい。けれども、この仕事があるからこそ会うこともままならないと思うと、哀しかった。


書類仕事を片づけていると、部下二人が口論をしているという報告を受けた。

『常磐』では同格の中尉である篠《しの》と橘川《きつかわ》は、優秀な軍人だ。しかし、二人揃うととても子供っぽい口論をすることがあって、たまに一葉の手を焼かせる。

二人から事情を聞き、叱責《しっせき》して、再び詰め所に戻ろうとしたとき、一葉は意外な人と顔を合わせた。

「公爵閣下……」

人前では、決して旦那様とは呼ばない。十年以上にも亘っている習慣だから、いまさら考えることもなく口にすることができる。

「ああ、剣持中佐。おつとめご苦労」

礼服姿もよく似合う山科は、鷹揚《おうよう》に頷いた。

しかし、どうして彼がこんなところにいるのだろうか。

昨晩、鎌倉で会ったときには、帝都に出てくるなんていう話はしていなかったのに。

「閣下は、どうしてこちらへ？」

「主上に伺候《しこう》するために」

山科は、端的に答えた。

昨晩、あれほど一葉を翻弄した男と同一人物とは思えないほど、冷淡《れいたん》にも見える態度だった。

一葉も同じように、とりたてて特別な感情など彼に対してないような顔をしてみせる。

それは、二人の間の暗黙の了解でもあった。

決して他人には、淫らな関係だということが知られないように。

「鎌倉には、本日お戻りですか?」

「いや、しばらく帝都にいる」

山科は、これから御前に出向くのだろう。立ち止まって敬礼している一葉の横を通りすぎながら、低く囁いた。

「あとで詰め所に迎えに行く。待っていなさい」

「……」

敬礼で山科を見送った一葉は、はっとする。だが、表情には出さず、無言で姿勢を正していた。


山科が『常盤』の詰め所に顔を覗かせたときには、あらかた一葉の仕事は終わっていた。

「このようなところに、よくお越しくださいました。公爵閣下」

一葉は敬礼して、山科を迎える。

それにしても、どうして山科はわざわざこんなところに顔を見せるのだろうか。

公式の立場として、一葉は山科の被保護者だ。当然のことながら、帝都の山科家の本邸にずっと住んでいる。

山科が帝都にいるのであれば、どうせ家に帰れば顔を合わせるのに。

「昨晩、仕置きすると言っただろう？　一葉」

詰め所の扉を閉め、鍵までかけてしまってから、山科は婉然《えんぜん》と微笑んだ。

（あ……）

一葉は、体温が一気に上昇した気がする。

そういえば昨晩、山科にはそのようなことを言われていた。

でも、どうしてこんなところで……？

「旦那様……。ここは宮中です」

一葉は睫を伏せる。

「わかっているとも。だから、仕置きになるのだよ。おまえのようにいやらしい子は、一晩中抱いて、啼《な》かせてやっても、悦ぶだけだからな」

普通に抱いてはくれない、ということなのだろうか。

ここは職場だ。

その禁忌感に、一葉は白い頬を染めた。

(どうしよう……)

誰かに見られたら、困るのは山科だ。彼のためにならないことは、できない。だが、彼に求められて、一葉は拒めるような立場ではないのだ。

十代の頃から、彼に囲われ、彼を受け入れるために躾けられた愛人なのだから。

「下だけ脱いで、いやらしい尻を突き出すように、机に手をつきなさい」

命じられたが、易々と従うことには躊躇《ためら》いがあった。

「旦那様……。本気ですか?」

「仕置きだと言っているだろう? 私の命令が聞けないのか、一葉。いつから、そんな悪い子になった?」

傲慢に命じながらも、山科は楽しげだ。

彼はずるい。そんなふうに言われたら、一葉は従わずにはいられないのに。

「いいえ……。ご命令に従います」

いつ誰がやってくるともわからない危機感に身を焦がしつつ、ベルトを外し、下肢を剝《む》き出しにする。

「もう硬くしているな。よく見せてみなさい」

山科の鋭い眼差しは、一葉の性器に注がれていた。そこは、今から与えられる辱めを期待するかのように、すでに勃起しかけている。

「おまえは、冬の月のような美貌だと言われているそうだな。常に冷静で、仮面をつけているように表情が変わらないと。……本当は、こんなに素直で淫らなのに。私だけのものだと思う半面、他の者に見せびらかしたくなることもある」

「……お許しください、旦那様……」

言葉で嬲られただけで、こんなふうに反応してしまう体は恥ずかしすぎた。一葉は、小さい声で許しを請う。

「駄目だ、許さない。上着を持ち上げて、一葉の欲しがりな――をよく見せなさい」

「……はい、旦那様」

一葉は頷くと、恥ずかしさに全身を火照らせながら、上着の裾を持ち上げた。

「どうぞ、ごらんください」

呟いた声は、震えてしまう。

こんなところで、はしたない下半身を剝き出しにするのは恥ずかしすぎる。しかし、山科の命令に従っているのだと思うと、それすらも快感になるのだ。

「本当にいやらしいな。どうして、もう硬くしている?」

山科は一葉を突き放すように、性器に触れてはくれない。ただ視姦《しかん》を続けていた。

「……旦那様に、お仕置きをしていただけると思ったら……私は…こんなにもあさましくなってしまいました……」

恥ずかしげに膝頭を合わせ、もじつくようにすりあわせながら、一葉は呟く。

「そんなに仕置きされたいのか？　……まったく、困った淫乱だ。悦ばれてしまっては、仕置きにならないじゃないか」

「申しわけありません」

一葉は頰を染める。

泣きたいくらい、恥ずかしい。けれども、それが悦びだった。山科の快楽に仕えていることが。

「……まあいい。机に手をついて、一葉のいやらしい孔を見せてごらん」

「はい……」

見られているだけで高ぶってしまったせいで、小さく肩を喘がせながら、一葉は机に手をつく。

そして、山科に差し出すように、尻を突き出した。

「どうぞ、存分にごらんください」

上は軍服を着たまま、下半身だけ剝き出しにしている。しかも、性器は勃起してしまっているのだ。こんなにいやらしい姿はない。

羞恥でどうにかなりそうになりながら、一葉は主人の命令に従った。

仕事中の一葉は物事に動じず、決して感情があらわにならない人間だと言われている。

その一葉が、山科の言葉ひとつ、視線だけでもこんなに淫らに狂わせられてしまうなんて、きっと誰も想像していないだろう。

「足を開け」

「はい……」

一葉は、肩幅まで脚を開く。

その途端、奥まった場所がひくついた気がした。昨晩、さんざん山科に弄ばれた、淫乱な孔が。

それは山科も気づいたらしく、彼はほくそ笑む。

「どうした、一葉。もしかしたら、ここが疼いているのか?」

「ああっ」

平手で尻を軽く叩かれて、一葉は思わず声を上げた。

痛くはないが、じんと尻が痺れる。その痺れは疼きとなり、性器へと伝わっていくのだ。

（漏らしてしまう……）

頭を擡げた性器の先端から透明な雫が溢れたことに気づき、一葉は体を震わせた。

このままだと、詰め所の床に恥ずかしい染《し》みを作ってしまいそうだ。みだりに感じてしまわないように下肢に力を入れるが、山科に触れられているのだから、無駄な抵抗に過ぎない。

「おまえのいやらしい孔が見えるように、手で開いてみなさい。どうなっているか、見てやろう」

「はい、旦那様」

一葉は命じられたとおり、体を支えるために机に頬を押し当て、両手で尻を左右に開いた。

はしたない場所に、部屋の明かりが突き刺さるようだった。そこを山科にまじまじと見られているのかと思うと、それだけでますます体が熱くなる。

「少し緩んでいるな」

「あうっ」

指で後孔をまさぐられ、一葉は背中をしならせる。

「……昨晩、旦那様に可愛がっていただいたからです……」

指の腹でくすぐるように愛撫されるだけで、そこはひくついてしまう。山科に淫らに躾けられた、恥ずかしい場所なのだ。

男に馴れた肉襞は、一刻も早く肉棒を咥えたがって、まだ入り口に触れられただけだというのに蠢きはじめていた。

「だらしなく口を開いているぞ。一葉のここは、本当にいやらしいな。昔はあんなに慎《つつ》ましやかだったのに……」

「申しわけありません」

「どうして、こんなことになったんだ」

指で虐められ、一葉はうっすらと涙ぐむ。

「……旦那様が、私を躾けてくださいましたから……」

呟きながら、出会った頃のことを思い出してしまう。山科の傍で初めて過ごした、淫らな一週間を。

確かに最初は、一葉は男を受け入れることで精一杯だった。山科は優しかったが、体はなかなか馴れなかったのだ。

（でも、そのうち疼くようになって……いって…）

本来受け入れる性ではない一葉の、既成概念《きせいがいねん》を山科は徹底的に壊していった。彼を愉しませるために一葉は存在するのだと、叩き込まれたのだ。

抵抗なく彼を受け入れて、一葉自身も愉しめるようになるまで。

「あ……」

一葉は、口唇を震わせた。

肉襞が、ひくりと蠢く。

濃やかな調教を、思い出してしまったからだ。

「……どうした、一葉？　私は、何もしていないよ」

「思い出してしまって……」

「何を？」

「旦那様に、そこを馴らしていただいたときのことです」

「そこというのは？」

「……一葉の淫乱な孔です……」

恥ずかしい言葉を自分で口にすると、背中がぞくぞくしてくる。もちろん、興奮しているせいだ。愛する人から受ける辱めは快楽なのだと、一葉は知ってしまった。

「一葉は、おしゃぶり好きだからな。普段取り澄ましているくせに、こうして虐めてやると、たまらなく感じるんだろう？」

「あ……だめ、いけません……っ」

指でいたずらされてしまい、ますます性器が硬くなる。とろりと先走りの蜜が溢れて、一葉の白い太股を濡らしはじめた。

「お許しください、旦那様」

「駄目だ、許さない。いやらしいおまえに、ふさわしい罰を与えてやろう」

「……あ…」

一葉は目を見開く。

尻に、何か冷たいものを押し当てられたからだ。

「……な…に…？」

一葉は驚いて、肩越しに山科を振り返った。

視線が合うと、山科は思わせぶりに目を細める。

「力を抜いていなさい。きっと、おまえはこれが大好きだよ」

「……ひっ」

ぐっと押し込められ、一葉は喉を鳴らす。

それは、球状のものだった。硬く、冷たい。いったい、なんだろう？

いくら山科を信頼していて、彼が自分に酷いことをしないという確信があるとはいえ、さすがにわけがわからないものを押し込められるのは怖かった。

一葉はかすかに、不安な表情になる。

その一葉の緊張を和らげるように、山科は額に口づけてくれた。彼の接吻は、どんなときに、どんな場所にしてもらっても優しい。

だが、告げられた言葉は、淫らな残酷さに満ちていた。

「先ほど主上から賜《たまわ》った玉《ぎょく》だ。瑪瑙《めのう》、翡翠《ひすい》、珊瑚《さんご》とある。おまえにあげよう」

「そんな……っ」

一葉は喉を鳴らした。

主上から賜った尊《とうと》いものを、一葉の中に入れて虐めるつもりなのだろうか。背徳感《はいとくかん》に、一葉は打ち震えてしまった。

「まずは、瑪瑙からだ」

「……いけません、旦那様……」

一葉は、掠れた声を漏らす。

「美味しそうに呑み込んでいくじゃないか」

山科が揶揄するとおり、抱かれ馴れている体は、玉を難なく呑み込んでいく。特に昨晩抱かれたばかりだ。まだ後孔は柔らかなままなようだった。

「次は珊瑚」

「……っ、く…」

「そして、翡翠」

「……あ、あぁ………」

次々に宝玉を押し込まれていき、一葉は全身を震わせた。太股の付け根に力を込め、射精の欲求をなんとかこらえるが、いやらしい透明の雫は、床を濡らしてしまった。

「……っ、だめ……ぇ…旦那様……！」

「おまえは本当に、後孔を虐められるのが好きだな。こんなに硬く、熱くしている」

「あぁっ」

山科に性器を握り込まれてしまい、一葉は耐えきれずに背中をしならせた。

「お許しください、お許しください……っ」

熱に浮かされたかのように、ただ許しを請うが、山科は無情だった。

「駄目だよ、一葉。これは仕置きだからね。我慢しなさい」

「そんな……っ」

「おまえが淫らで、可愛すぎるのが悪い」

山科は一葉を抱き竦めると、今度は背が机にもたれるように体勢を入れ替えさせた。そして、美しい色の組紐《くみひも》を取り出す。

「こちらは、御方様からの賜りものだ。お二人揃って、一葉のためにあつらえたようなものばかり下賜《かし》されたのだよ。最近、つれづれの無聊《ぶりょう》の慰めに、お作りあそばされているそうだ」

「いけません、旦那様……！」

一葉は身じろぎする。

だが、山科からは逃れる術《すべ》もなく、とろけそうなほど熱くなっている性器に、御息所手ずから作った組紐が巻き付けられていってしまう。

「……こんな……こと…を…」

「可愛い飾りがついたな」

「……あ……」

縛《いまし》められ、射精することも叶わなくなった性器が、ひくりと引きつった。

「さあ、家に帰ろうか。服装を正しなさい、一葉。その格好ではだらしなさすぎて、外を歩けないからね」

「このまま、ですか……？」

問う一葉の声には、怯えが滲んでしまったかもしれない。

このまま軍服を着直し、外を歩くことになるのだろうか？　中に入れられた玉はつるつるとなめらかで、身じろぎした拍子に落ちてしまいそうなのに。

「もちろん、そのままだ。お仕置きだと言っただろう？　賜りものを落としたら、許さないよ」

「そんな……っ」

一葉は涙声になってしまう。

山科に触れられただけで容易《たやす》く達してしまいそうになる一葉にとって、こんなに惨いお仕置きはなかった。

だが、山科に逆らえるはずもない。

（私は、どうなってしまうのだろう……）

震え、強ばる指先を無理矢理動かしながら、一葉は衣服を整える。このまま宮中内を歩くのだと思うと、あまりにも淫らすぎる罰に、頭がおかしくなりそうだった。

歩くだけで、体内を突き上げるような狂おしい衝撃がある。

一葉の肌にはしっとりと汗が滲み、軍服の下では体が淫らな反応をしていた。尖った乳首や勃起した性器は、硬い軍服の布地に抑え込まれてはいるものの、もはや意思だけでは抑えがたいほどに感じきっていた。

だが、表情は必死で平静を装《よそお》い続ける。

一葉は、自分の前を悠然と歩く山科の背中に、時折ちらちらと視線を向ける。

けれども、縋りつくことはできなかった。

ここは、まだ宮中だ。

山科は、馬車で一葉と一緒に帰るという。その馬車まで、一葉がもてばいいのだが……。

性器の根本を高貴な人からの賜りもので縛り上げられているのは、辛いことではあるが救いになっていた。歩きながら射精せずにすむからだ。

後孔に入れられた玉は、歩くたびに位置が動いて、一葉を苦しめていた。

とりわけ、前立腺に当たってしまうと、快感が全身を貫く。腰がびくびくと震え、後孔がだらしなく緩んで、今にも排出してしまいそうになるのだ。

その衝動を抑えようとして後孔に力を入れると、玉を締め付けることになり、一葉はますます乱れてしまうのだった。

（……いきたい…）

一葉は息をつく。その呼吸は熱く、濡れていた。

山科の淫らな仕置きを受けるのは、初めてではない。けれども、ここのところご無沙汰だったせいか、余計に感じてしまっていた。

しかも、こんなふうに職場で淫らな体を思い知らされるのは初めてだ。

山科と一葉の関係が人に知られたら、一葉はもちろん山科の立場だって危うくなる。だから一葉は、必死で快感をこらえようとしていた。

決して、他人に知られないように。

車宿りまで我慢できれば、馬車に乗れれば、あとはどうなったっていい。

だがしかし、車宿りまでの距離は、絶望的に遠く感じられた。

肉襞が、じんじんと熱を持ち、疼いている。

必死で表情に出ないようにしているのだが、息をつけばつくほど、体が限界に近づいていることがわかる。

熱っぽくなっているせいか、視界が霞《かす》んでいた。涙目になっているのかもしれない。

もう少しの我慢だ。

このまま、誰にも会わなければいい……。

祈るような気持ちでいた一葉だが、山科が足を止めたことに気づいた。

「山科先生、いらっしゃっていたのですか」

覚えのある、声が聞こえてくる。

(しまった……！)

一葉は何度も息をつき、そして無表情を保とうとした。

声をかけてきたのは一葉の部下、土御門だった。

彼は山科と親しい。絶対に立ち話になってしまう……。

(なんて、ついていない)

一葉は、ひっそりと口唇を噛みしめる。

あと少しで、楽になれるところだったというのに。

「ああ、久しぶりにな」

敬礼した土御門に対し、山科は鷹揚に頷いた。

土御門は、穏やかな微笑を浮かべている。

「いつまで帝都に？」

「しばらく滞在するよ。君も、たまには遊びに来なさい」

「はい、ありがとうございます」

土御門は、いつものように一癖ありげな笑顔になる。

「隊長は、もうお帰りでしょうか」

「はい。お疲れさまです、土御門少佐」

一葉は答礼すると、なんとか平静を装った声を絞《しぼ》り出した。

「あなたは、帰らないのですか」

「高瀬少尉であそ……いえ、高瀬少尉のことが気がかりなので、小官はしばらく残っています」

土御門は、とても新入りを気に入っている。

山科は、将来有望な青年たちを集めて、政治塾を開いていた。土御門も、その中の一人。彼が山科を「先生」と呼ぶ声には、深い尊敬の念が込められている。

「ところで剣持隊長。お顔の色が優れないようですが……」

土御門は目ざとく、一葉の様子がいつもと違うことに気づいたようだ。彼は傍に寄ってきて、一葉の表情を覗き込む。

「具合がお悪いのですか?」

「いえ……。大丈夫です。少し、疲れが出ているだけでしょう」

一葉は静かに答えた。

土御門が本気でいたわってくれているにしても、一葉の淫らな反応に気づいてわざとしているにしても、動揺は絶対に表に出すつもりはなかった。

「それはよくない。明日は非番でいらっしゃるようですし、どうぞゆっくりお休みくださ
い」

土御門は、しきりに一葉を気遣った。

「ありがとうございます……」

一葉は、ひそやかに呟く。

早く、この場を立ち去りたい。聡い土御門に、淫らな体の様子を知られたくはなかった。

だが、彼は一葉の肩へと触れてくる。

「本当に、大丈夫ですか？　小官が馬車までお送りいたしましょうか」

「あ……っ」

肩に触れたのは、特に意図《いと》はなかったのかもしれない。しかし、肉襞を虐められ、敏感
になっている一葉にとっては、人に触れられるだけで強い刺激になる。

思わず口唇を開き、惚《ほう》けたような声を漏らしてしまった。

「隊長……？」

土御門は、目を細めた。

「……本当に、大丈夫ですか……？」

彼の声が、しっとりと思わせぶりなものになる。その熱い息を耳朶《じだ》に吹きかけられた途端、一葉は全身が総毛立ってしまった。

（……っ、あ……）

膝が、がくがく震える。

おまけに、土御門は一葉の腰を手のひらで撫でたのだ。

「悩ましいお顔だ」

耳打ちされて、一葉は赤面した。

（ばれてる……？）

土御門は山科の弟子《でし》だけあって、少し意地悪いところがある。一葉が感じてしまっていることに気づいているのに、あえて鈍感《どんかん》を装い、触れてきているような気がした。

「……少佐…やめてください」

恥じらうように顔を伏せた一葉を、山科は抱き寄せた。

「それくらいにしておきなさい、兵衛」

その口調は、驚くほど強いものだった。

「……これは失礼しました」

土御門は、にやりと笑う。彼の上品な顔は、途端に意地悪げなものになった。完璧に、愉しんでいるようだ。

「……っ、閣下……失礼、しました……」

息を途切れさせながらも、一葉はなんとか体勢を立て直そうとする。ところが山科はそれを制し、一葉のほっそりした顎を撫で上げた。

そして、土御門に対して不敵な笑みを浮かべる。

「美しいだろう、悩ましい顔をしている一葉は」

「……あ…」

首筋から顎の下を手のひらでまさぐられ、一葉は甘えたような声を漏らしてしまう。口唇が、閉じられない。

ずくずくと乱された肉襞がきゅんとしまり、玉を強く包み込む。物欲しげに後孔が開閉を始めたのがわかった。

このままでは、玉を落としてしまう。

太股の付け根に力を入れてこらえようとするが、快楽に苛まれた一葉の眦《まなじり》には涙が浮かんだ。

「だが、これは私のものだよ」

火照った一葉の頬に、傲慢な男の息がかかる。

山科は、所有権を誇示するように、一葉の肌をまさぐる。

これ以上刺激しないでほしい。ようやく堪えているのに……。

一葉は疼きを抑えるように、自分自身を抱きしめた。

「もちろん、わかっておりますとも」

わざとらしいくらい大仰《おおぎょう》な仕草で、もう一度一葉の顔を覗き込んできた土御門は、小さく笑った。

「……よい夜を、お過ごしください」

4

「兵衛も、言うようになった。……なあ、一葉」

山科に支えられるように馬車に辿《たど》りついた一葉は、もうものを言う気力もなかった。ようやく馬車の椅子に座ったが、その途端、また玉が動く。

「……っ、あ……」

大きく息をついた一葉の腰を、山科は強く抱いた。

「あれも、好き者だからな。おまえの淫らな表情を、美味しそうに眺めていた。おまえも悪いやつだ、一葉。部下を惑《まど》わせるとは、いけない子だ」

「……ん、だめ……っ」

腰が、びくびくと大きく震える。

山科は一葉の耳朶を咥えて、くちゅくちゅと吸いはじめた。淫らな水音が大きく聞こえて、一葉をさらに悩ませる。

「……あ、旦那様……っ」

「私以外の男に触られて感じるとは、どうしようもない淫乱だ。これでますます、仕置きをせねばならないことが増えた」

「そんな……っ」

一葉は、とうとう本当に涙をこぼしてしまった。

土御門に触れられて感じたのは確かだが、それは山科に玉を入れられたせいだ。一葉だって、感じたくて感じたわけではないのに。

これ以上、まだ淫らなことをされてしまうのだろうか？

感じすぎて、どうにかなってしまいそうだ。

「まさかと思うが、めったに私のもとを訪《おとな》わないのは、部下を咥え込んで満足しているせいなのか？」

「いいえ！　いいえ、旦那様……！」

一葉は、大きく頭《かぶり》を振る。

浮気していると思われるのは心外だ。

山科とめったに会えないのは、帝都と鎌倉とで、離れて暮らしているせいだ。

どれだけ彼に会いたくても、愛人という身分である一葉は、会いたいと言い出すこともできない。

　山科に望まれれば、いつだって彼のもとに行くけれども。

　会いたい気持ちを我慢しているのに、山科は残酷なことを言う。

「本当に？」

「……はい……」

　嗚咽《おえつ》を堪えながら、一葉は言う。

「私の体は、旦那様のものです。旦那様だけの、ものです」

　懸命に訴えると、山科は喉を鳴らして笑った。

「では、おまえの忠義を見せてもらうとしよう。だが、その前に……。仕置きをしてやらねばな」

　山科は、御者に馬車を出すように命じる。

「遠回りして……。なるべく、道が悪いところを通って帰るように」

　その命令の残酷さを、やがて一葉は身を以《もっ》て知ることになった。

「……っ、ひ……う…」

馬車は、砂利《じゃり》だらけの、整備されていない道を走る。

そのたびに、下からは突き上げるような衝撃があった。

「……旦那様……っ」

傍らの山科に、一葉は縋りつく。

「お許しください、お許しください……っ」

濡れた声で、ただ許しを請うことしかできずに、一葉は乱れていた。

山科の仕置きは、狂おしいほど甘美なものだった。

体内に玉を埋め込まれている一葉にとって、馬車の振動が伝わるだけでも性的な刺激になる。

おまけに、山科はわざと悪路を通るように指示している。

下着の中で、性器は完全に勃起していた。しかし、美しい組紐のせいで、達することができない。

「……っ、あ……ひ………っ」

一葉は全身をびくびくと震わせて、甘い声で啼いた。

「いつ誰に見られるかもわからない場所だというのに、一葉ははしたないな。どうしようもない淫乱だ」

「ああ……っ」

腰をくすぐられて、一葉は体を硬くする。山科は一葉をはしたないと責めるけれども、感じるように触れてきているのだ。意地悪すぎる。

一葉は涙目になって、山科に縋るような目を向けた。

「旦那様……」

山科の反応は、冷淡なものだった。

「家に着くまで、我慢しなさい。これでは、仕置きにならないだろう？」

「あうっ！」

勃起した性器を布越しに握り込まれ、一葉は全身を痙攣させる。

下着を内側から持ち上げるように硬くなった性器の先端から、濃い先走りの雫が溢れる。もう、ぐしょぐしょだ。太股には、漏らしたときのような不快感があった。

「一葉のここは、すっかり硬くなっているようだ。ただ馬車に揺られているだけだというのに、そんなに気持ちがいいのか？」

「お許しください……」

あまりにも居たたまれず、一葉は両手で顔を覆ってしまう。後孔の感じやすさが恥ずかしかったが、山科に与えられているものだから、とても嬉しい。気持ちがいい。

「駄目だ、許さない」

山科は、冷酷に命じる。

「軍服の下だけ脱いで、恥ずかしい部分を見せてごらん。いやらしい一葉には、お似合いの格好だ」

「で、でも、こんなところで……っ」

馬車にも窓があるのだ。いくら高い位置にあるとはいえ、中を見られたら、たいへんなことになる。

一葉は、全身を紅潮させた。

「下だけなら、見えないだろう？　一葉がどれだけ、お漏らししていてもな……」

「……っ、は……ぁ…！」

性器を揉みしだかれて、一葉は背中をしならせる。今にも達してしまいそうで、性器がひくついた。

けれども、根本を縛められている限り、無理なのだ。

「ぬちゃぬちゃ音がするじゃないか。そのうち、恥ずかしい染みが軍服にまで広がりそうだな」

「……あ、いや……っ、や……！」

達することができないのに、性器への愛撫は続いていた。

このままでは、どうにかなってしまう。

一葉は髪を振り乱しながら、山科に哀願する。とにかく、意地悪な指先の動きを、止めてほしくて仕方がなかった。

「お許しを、旦那様……！」

「下を脱ぐね？」

その言葉に、逆らう術はない。

一葉は涙を抑えつつ、頷いた。

「……旦那様の、ご命令どおりに……」

一葉は、軍服のベルトを外しはじめる。

「……どうぞ、一葉のはしたない――をごらんください……」

御者には、この淫らな声が聞こえているに違いない。見られていないのが、唯一の救いだった。

使用人の耳目《じもく》があるところで淫らな真似をさせられるのは、これが初めてではない。山科は平然として、悪びれもしなかった。

そのあたりの山科の感覚はやはり、傅《かしず》かれて育った人のものだと思う。いちいち、使用人を他人として意識しないのだ。

しかし、一葉は違う。

もともと大店の子とはいえ、母親は妾。とてもじゃないが、山科のような心境にはなれない。

今は山科の家族として扱われている一葉だが、いつまでも昔の境遇《きょうぐう》は忘れられなかった。意識を、簡単に切り替えられるものではないのだ。

「いい子だな、一葉」

山科は、一葉の乱れた髪を優しく撫でてくれた。

「今日は、本気で啼かせてやろう。たっぷりと……な」

「は…い……」

淫らな熱に、苦しめられている。

涙が出るほど辛いのに、一葉は心のどこかでそれを望んでいた。

(旦那様は、まだ私を望んでくださっている)

彼がいまだ、一葉の体で愉しんでくれている。それは、一葉の悦びでもあるのだ。

帝都の山科家の本邸に着く頃には、一葉の下肢は粗相した子供のようにどろどろになっていた。

山科は、一葉の体のはしたない反応をずっと観察していた。

時折軍服の下に手を入れて尖りきった乳首を捻ったり、耳元で淫猥な言葉を囁いたりして、一葉の体の熱を煽《あお》っていた。

山科の視線を意識するだけで、一葉はどうにかなってしまいそうだった。馬車は揺れ、下から突き上げるような振動が伝わってくるし、体内で玉が動いて肉襞を刺激する。

一葉の意識は朦朧とし、馬車が山科邸の車宿りに止まったときには、すでに理性がない状態だった。

ところが、そんな一葉も、山科の命令で我に返った。さらなる淫らな責めを、彼は一葉へと加えようとしたのだ。

「このまま馬車を降りなさい」

馬車の扉を開けた山科は、息も絶え絶《だ》えな状態になっている一葉に命じた。

「……そんな…」

性器はひくひくと脈打ち、先端からは濃い透明の雫が溢れている。この状況で服装を直し、なおも邸内まで歩いていかなくてはいけないのだろうか？

感じすぎて辛かった。でも、逆らえない。

一葉は快楽に震える指で、なんとか服装を直そうとする。

ところが、山科はそんな一葉を止めた。

「待ちなさい。……そんな格好で服装をただしたら、軍服が濡れてしまうだろう？」

「でも……っ」

一葉は呆然と、山科を見つめた。

まさか、この乱れた格好のまま馬車を降りろと言うのだろうか。

いくらここが山科の屋敷とはいえ、使用人の目もあるのに。

「この格好では……」

「恥ずかしい？」

「はい……。それに、歩けません」

膝までズボンが下がっている状態だ。これでは、足を取られてしまう。それに、体が高ぶりきった状態で歩くのは、あまりにも辛すぎた。

ところが山科は、そんな一葉を抱き寄せると、軽々と横抱きにした。

「旦那様……っ」

驚いた一葉だが、あっさりと山科の腕の中に収まってしまう。

かつて戦場を駆け回った山科は、現在は第一線を離れているとはいえ、たくましい体軀をしていた。

ゆるみなく、筋肉のついた体。現役を離れていても、衰えは感じられない。現役の軍人である一葉よりもずっと、力強く感じられた。

「歩きにくいのなら、こうして抱えていってあげよう」

「でも、このままでは……」

山科の体にしがみつきながら、一葉は睫を伏せる。

服装が乱れたままだ。これでは、一葉のはしたない姿を見られてしまう。

もともと、邸内の者はみんな一葉と山科の関係を知っている。普段、帝都の山科邸に一葉は一人で住んでいるのだが、使用人たちは皆、一葉のことを山科の『家刀自《いえとじ》様』つまり、女主人同様の扱いをしていた。

とはいえ、関係を知られているのと、はしたない姿を見られるのでは、訳が違う。

一葉は小さな子供に返ったように、いやいやと頭を振った。

「旦那様、お許しください。私は旦那様以外の人に、いやらしい姿を見られるのは嫌です」

山科にならば、どんな姿だって見せられる。いや、見てほしいとまで望んでいた。

けれども、それは彼に対してだけなのだ。

山科に訴えかけるように、ぎゅっと全身でしがみつけば、彼はちらりと苦笑いを漏らした。

「……まったく……。そんなに愛らしいことを言われてしまっては、虐めてやることができないじゃないか。仕置きにもならないな」

一葉の体を軽く揺すり上げ、山科は言う。

「人払いはしてやる。だが、このまま抱えて玄関まで連れていってやろう」

「……っ、う…」

山科は、そのまま歩き出す。

再び、振動が体内に伝わってくる。一葉は苦しげに、何度も口唇を噛みしめた。

(賜った、玉が落ちてしまう……)

山科の体温や匂いを感じている上に、彼が歩くたびに伝わる振動で、ますます体は高ぶっていく。

性器からは、ひっきりなしに濃い蜜が溢れはじめた。

だが、言いつけられた通りに玉を落とさないように、一葉は必死で下腹部に力を込め続けた。


褥の上にそっと下ろされた一葉は、そのまま四つ這いになるよう命じられた。

「一葉のいやらしいところが、私によく見えるように腰を上げなさい」

尻を撫でるようにして山科に促され、一葉は一生懸命足に力を入れる。

そして、ひくひくと開閉を続けている後孔が山科によく見えるように、腰を上げた。

「どうぞ、旦那様……」

一葉は命じられるまま、山科に尻を突き出すような体勢になる。

「ちゃんと、玉を落とさなかったかな?」

「……はい…」

一葉は、囁くような掠れ声で呟いた。

体内の玉を意識すると、肉襞がひくんと蠢く。

「三つとも入っているかどうか、確かめてやる。出してごらん」

「……このまま、ですか?」

「このままだ」

山科は、一葉の後孔を軽くなぞる。

「一葉のここは、閉めたり開いたりするのが上手だろう? 手を使わず、出してごらんなさい」

「そんな……っ」

想像するだけで、羞恥のあまり震えてしまう。

手を使わず、淫らな肉襞の動きだけで、三つの玉を排出しろと山科は言うのだ。

(恥ずかしい……っ)

一葉は頬を布団に埋め、ぽろぽろと涙をこぼす。

「そんな……ことは…」

「お許しください、は、なしだよ。仕置きだからね」

「……」

一葉は、ぎゅっと掌を握る。

山科の命令は絶対だ。とはいえ、恥ずかしすぎる。

道具を使っての調教を、一葉の体はずっと受けてきていた。だが、どうしても羞恥は拭えない。

「……私の命令が、聞けないのか？」

責められているというよりは、突き放すような口調で問われてしまい、一葉は大きく首を横に振った。

（旦那様のお望みなのだから……）

自分に言い聞かせるように心の中で呟いた一葉は、大きく肩で息をつく。

「どうぞ、一葉を虐めてください」

「いい子だ」

満足そうに一葉の尻を撫でて、山科は笑う。

「少し脚を開いたほうがいいな。そのほうが、やりやすい」

「はい……」

一葉は恥ずかしさをこらえるように、脚を開いていく。

男に馴れている後孔は、既に開きかけている。この褥に辿りつくまで、何度も玉を滑り落としそうになっていたくらいだ。

けれども、こうして腰を上げた状態で排出するのは、思ったよりも難しかった。

「……っ、ん……あ…」

一葉は体内のものを押し出すように、下腹部に力を入れていく。

三つある玉にそれぞれ力が加わっているはずだが、それぞれ不規則な動きをした。なかなか、すべて押し出すのは難しい。

柔らかな肉襞をなぞるように、ゆっくりと玉は動いていく。

外に出かけたと思ったら奥に引っ込んでしまったりして、すんなりとはいかなかった。

「……くぅ………っ、ふ……あ……ん……っ」

じりじりと、額に汗が滲みはじめる。

前立腺を玉が刺激するたびに、一葉の性器はびくびくと動いた。そして、透明の雫が布団の上に滴り落ちる。

「……っ、は…あ…ん…………っ」

ようやく、一つめの玉が布団に落ちた。出る瞬間、一葉の下腹の熱は弾けかけるが、性器を縛められているせいで、達することができなかった。

「……ふ…ぁ……」

一葉は、ぱたりと布団の上に倒れ込んでしまう。ずっと下腹部に入れていた力が、抜けてしまったのだ。

「どうした、一葉? まだ一つめだぞ」

山科は、一葉の後孔に指を滑り込ませた。

「あう……っ」

「すっかり柔らかくなっているな。一葉のここは、いやらしい」

「……っ、ん、あ……いや、旦那様……!」

一葉は腰を動かしながら、甲高《かんだか》い声を上げた。

もちろん、山科の指のほうが、玉よりもずっと細い。開ききった後孔にはたいした刺激ではないはずだが、それが山科の体の一部だと思うだけで、一葉は乱れていってしまう。どんな強烈な性具よりも何よりも、山科自らに愛撫されることのほうが、一葉には重要なのだ。

「……あっ、いい……気持ちいいです、旦那様……っ」

山科の指の感触を味わうように、一葉の後孔が締まる。だが、玉のせいで上手くいかない。それがもどかしくて、一葉は身を捩った。

「……っ、ひ…あ……」

布団と性器が擦れて、もどかしさはさらに増していく。

早く達したい。だが、それは許されないのだ。

「そんなに締めて……。気持ちいいのか?」

「だって、旦那様の指が、中に……あるから…」

玉よりも何よりも、山科の体の一部が体内にあることが快感になる。

「玉のほうが大きくて、好き者の一葉は感じるんじゃないのか？」

「いいえ、旦那様がいいです。一葉には、旦那様が……」

啜り泣きながら訴えると、山科は優しく一葉の髪を撫でた。

「おまえは、本当に淫乱で可愛いな」

「……ん…」

山科は、指を抜いてしまう。彼をまだ体内に留めておきたくて、未練がましく、一葉の後孔は拗《す》ねたように口を尖らせてしまった。

引き抜かれた瞬間の衝撃で、じんと入り口が痺れている。

「残りの二つも出しなさい。そうしないと、入れてあげられない」

一葉の頭を膝の上に抱え上げ、山科は命じてきた。とんでもなく淫らで、ひどい命令をしているはずなのに、彼はとても優しい口調だった。

「はい……」

一葉は、小さく喉を鳴らす。

命令どおりに玉を出すことができたら、山科は一葉をちゃんと抱いてくれるのだろうか？　達することを許してくれるだろうか。

淫らな期待が、一葉を突き動かす。

一葉は再び腰を上げ、快楽のせいで力が上手く入らない脚の力を振り絞るように踏ん張って、玉を肉襞の力だけで押し出そうとした。

「……っ、ん……ふ……あ……ああっ！」

一つめを押し出した要領を思い出しながら、二つ、三つと玉を外に出していく。

「あ……あぁ……っ」

すべてを吐き出した一葉は、そのまま山科の膝に顔を埋める。

ひくひくと、後孔が痙攣しているのがわかった。

体は感じ切っている。

これだけでは、淫らな自分が満足できないことはわかっていた。

「旦那様……」

熱に浮かされたような眼差しで山科を見上げた一葉は、そっと彼の股間に頬を擦りつける。そこには、一葉を虐めて啼かせて愛してくれるものがあるのだ。

「……どうぞ、お情けをくださいませ。一葉をお使いください、旦那様」

懸命に訴えて、一葉はその大切なものに両手で触れた。

「ご奉仕させてください」

「一葉は本当に、それが好きだな」

「はい……」

一葉は、恥じらうように頷く。

「淫乱な子だ」

山科に笑われてしまい、頬を染める。

本当のことは、言えない。

(旦那様だから、好きです)

ただの愛人で、彼が愛している女性の身代わりでしかない一葉は、本当のことが言えるはずがない。

自分の気持ちを明かし、彼に疎《うと》まれるのは怖かった。

ものわかりのよい、いつでも愛玩してもらえる玩具でいい。

愛してほしいと、望める立場ではないのだ。

「おまえのような淫乱から目を離すのは怖いな。他の男を咥え込んでいそうだ」

「そんなことはしません。私は、旦那様のものです」

一葉は、懸命に訴える。

性器を愛撫する許しは、まだ出ない。早くそれを味わいたい気持ちを抑えながら、一葉は一生懸命誤解を解こうとした。

他の男に抱かれるなんて、考えたこともない。一葉が欲しいのは山科だけだ。淫らになっていくのも、相手が彼だから。辱めさえ受け入れられるのは、山科に満足してもらうことが、一葉の喜びだからだった。

「……まだ、お仕置きの途中だよ」

布団の上に転がっていた、玉を山科は手に取る。

「まだ……お許しいただけませんでしょうか……」

「今晩は、徹底的に啼かせてやると言っただろう?」

意地悪い笑みを浮かべる山科を、一葉は不安げに見上げた。

いったい、何をされてしまうのだろうか……。

山科の命令だったら、一葉はなんでも聞くだろう。だが、不安がないわけではなかった。

「一葉の大好きなものをやる前に、少し遊ぼう」

「え……?」

首を傾げた一葉だったが、後孔に大きなものを押し込まれ、息を呑んだ。

玉だ。

やっとの思いで出したのに、また体内にそれを戻されてしまったのだ。

「だん…な……さま……？」

「何を入れたのか、当ててごらん？」

「玉……です」

「なんの玉だ？」

「……わかりません……」

一葉は首を横に振る。

三つの玉は、確かに材質が違う。しかし、研磨《けんま》されてしまうと、表面はつるつるになり、大差がないように感じられた。

「当ててごらん」

一葉の中にすっかり玉を呑み込ませて、山科は言う。

「外したら、お仕置きだ」

「そんな……っ」

「珊瑚のときは、乳首を虐めてやる。一葉の可愛い乳首は、私が弄りすぎたせいで真っ赤になってしまっているからな。ちょうど、珊瑚の色に」

軍服の前をはだけさせた山科は、尖りきった乳首に爪を立てた。

「あうっ」

芯が通ったように、乳首は硬くなっている。そこに与えられた鋭い刺激は、一葉の体を痺れさせた。

「瑪瑙が当てられなかったら、尻を叩いてやる。もちろん、玉を入れたままだ。それから、翡翠は——だな」

「あ……」

感じすぎて、ずきずきと痛みすら覚えているような性器が、よりいっそう高ぶってしまった。

想像するだけで、なおいっそう感じてしまう。山科は、とんでもなく淫らな遊戯《ゆうぎ》をしかけてきたのだ。

「全部当てられたら、一葉の大好きなものをあげよう」

一葉は息を呑む。

山科は本気だ。一葉を一晩中啼かせるつもりなのだ。

「一葉は賢いから、すぐにわかるようになるに違いない。今、入っているのは翡翠だ。たっぷり味わいなさい」

「……っ…あ……」

一葉の白い下腹が、大きく波打つ。

（こんな、わからない……っ）

肉襞の感触で、玉を見分けることなんてできるのだろうか？

いったいいつになったら、この甘美な責め苦が終わるのか、見当もつかない。

しかし一葉にできるのは、山科に従うことだけだ。

目を閉じて、後孔の玉を感じる。そして、山科の残酷で悩ましい遊戯を、一葉は受け入れた。

翡翠、瑪瑙、珊瑚。三つの玉はすっかり一葉の体温と同じになり、余計に一葉の判断を狂わせる。

何度も押し入れられ、答えを間違うたびに、乳首に爪を立てられ、尻を叩かれ、陰嚢を揉み込まれる。

そのたびに、一葉は甘い喘ぎを漏らし、山科に許しを請い続けた。

ようやく、玉の種類を当てられるようになった頃には、一葉からは理性が既に失せていた。

もう、快楽に溺れることしか考えられない。

山科の欲望に仕え、いかせてもらうことだけを、一葉は欲していた。

「……旦那様……旦那様…」

誘うように腰を振りながら、一葉は山科を呼び続ける。

「もうお許しください、お情けをくださいませ……っ」

「ようやく、玉の種類を当てられるようになったんだ。もう少し、遊んでいたいとは思わないのか?」

「いいえ……、一葉は旦那様がいいです。旦那様のお……ん…をくださいませ……」

涙ながらに訴えると、山科は一葉の頰を拭う。そして、ほんの少し懐かしげな口調になった。

「そうねだられると、昔に帰ったようだ……。おまえを拾ったときには、こんなに淫らになるとは思わなかった」

「……それ…は……旦那様…が……」

「ああ、そうだ。私が躾けたんだったな。おまえが、私を受け入れて悦べる体になるように。だが、ここまではしたない体になるとは思わなかった」

「ひゃうっ！」

性器を握り込まれ、一葉はあられもない声を上げた。

「今にも弾けそうだな」

「はい……」

「御方様からいただいた、組紐もどろどろだ。これはおまえにやろう。もう、他には使えまい」

「……はい…」

ふいに、涙が込み上げてくる。

一葉は、慌てて顔を伏せた。

なぜ泣きたくなったのかは、わかっていた。

山科が、葉山のあたりの御息所のことを口にしたからだ。

彼が愛しているのは彼女だけだ。それは最初からわかっていたことで、その弱みをさらけ出して一葉を求めてくれた彼だから、愛人として囲われる覚悟を一葉も決めたというのに……。

彼が彼女のことを口にするだけで、こんなにも哀しい。

彼女からの賜りものである組紐で一葉のはしたなさを縛めているのも、より身代わりであることを強調するためだろうか？

決して自分を見てくれない人だとは、わかっている。彼の傍にいるのは何よりも幸せだが、絶望の繰り返しでもあった。

「……どうした、一葉。私が欲しくて泣いているのか？」

「……はい」

気遣うように尋ねられ、一葉は小さく頷く。

「旦那様のお情けを、どうぞ一葉にくださいませ」

涙目で山科を見上げ、礼服の胸元にしがみつく。すると山科は、そっと一葉の額に口づけてくれた。

「おまえは本当に素直だ。こんなにも淫らだというのに、心根はいつも私に対して貞淑だな」

「はい……。私は旦那様のものです」

「愛でてやろう。だから、もう泣かなくていい。仕置きが効き過ぎたか」

「辛いです……。もうお許しください……」

甘えたような口調になる一葉へと、山科はあやすように口づけてくれた。とても意地が悪いけれども、酷く虐めたあとには一葉を甘やかしてくれるのが彼の常だった。

「力を抜いていなさい」

「あ……」

褥に組み敷かれて、一葉は小さく声を漏らす。

山科は礼服の胸元を乱しながら、一葉にのしかかってきた。

彼を受け入れるために、一葉は大きく脚を開く。

そして、涙に濡れた瞳で彼を見上げ、せがんだ。

「どうぞ、旦那様のお情けをくださいませ……」

挿入してもらえると思うと、性器が限界まで膨らんだ。まだ縛められたままだから、ますます苦しくなる。

けれども、どれだけ苦しくても辛くても、気持ちは抑えられない。

それは、彼に惹かれていく気持ちも同じことだ。

「一葉……」

山科が、体を重ねてくる。

はしたない一葉の後孔を、たくましいものが貫いた。さんざん玩具にされたあとの後孔でも、衝撃を感じる熱くて大きいもの。

「……っ、あ……旦那様……！」

一葉の太股の付け根に、ぎゅっと力がこもる。もっと、山科を味わうように。

「そんなに締め付けるな。まだ奥まで入っていない」

「あ……っ、申しわけありません……」

「楽にしていなさい。おまえの大好きなものを、あげるだけだ」

「はい、旦那様……」

灼熱が、淫らな肉筒を焼く。もうこれ以上はないと思っていたのに、さらなる官能が一葉を追いつめていく。

「……っ、あ……旦那様、旦那さまぁ……！」

「一葉は、本当に――が好きだな」

「……ん、あ……あぁ……あ、いい……っ、旦那様の……奥まで来てる、おっきいの来てる……！」

山科を誘い込むように腰を揺らしながら、一葉は全身で彼に奉仕しようとする。

「……いい、ですか？　旦那様……一葉の中は…」

「もちろんだ」

「……よかった……」

一葉は、ふわりと微笑む。

彼の悦びなくして、一葉の悦びはない。

縛められ、虐められている性器を楽にしてもらうことよりも、山科の欲望に仕えることのほうが一葉には重要だった。

(好きです)

一葉は、そっと胸の奥で呟く。

(旦那様が、好きです)

何度でも、繰り返し。


気がついたときには、山科に抱きしめられていた。

指一本動かせないほど体は疲れきっていたが、倦怠感《けんたいかん》が心地いい。

どうやら、焦らされたあげくにようやく達することを許され、そのまま気を失ったようだ。

既に体のつながりは解かれており、一葉は山科の胸へと抱きしめられていた。

彼も服を脱いでいて、裸の肌からはぬくもりが強く伝わってきた。

(気を失ったのか……)

起きていることを知られないよう、一葉は息を殺す。

そして、眠っているふりをしつつ、山科へと体を寄せた。

普段は、甘えること一つにも遠慮がある。理性がなくなるほど乱れているときか、眠っているときしか、なかなか甘えることもできなかった。

(旦那様は、ご満足くださっただろうか)

一葉は、ぼんやりと考える。

こうして抱きしめてくれているのだ。少なくとも、飽きられてはいないと思いたい。

どんなに虐められても、悦んでしまう体。淫乱と言われても、山科の欲望を満たすことができればそれでいい。

(いつのまに、私は旦那様をこんなにも愛してしまったのだろうか)

親に騙されるように売られ、ひとりぼっちになった一葉にとって、山科の存在があまりにも大きかったせいだろうか。

好きな女性が手に入ることはなくても、それでも尽《つ》くし続けている一途さだとか、不相応な格好をつけない率直さだとか、意地悪だけれども優しいところだとか、好きなところはいくつも数え挙げることができる。

傍にいればいるほど、好きになっていく。それは、今でも変わらない。

どんなに虐められても、山科ならばいいのだ。

「……一葉」

いきなり名前を呼ばれて、どきりとする。

うっすらと目を開けると、山科と目が合ってしまった。

「起きたのか」

「あ、はい……」

一葉は小さく頷く。

どきどきしてきた。狸寝入《たぬきねい》りがばれていたら、少し恥ずかしい。

「そろそろ夜は明けるようだが……。非番なのだろう？　今日はこうして一日中過ごそう」

「……はい、旦那様」

一葉は頬を染める。

部屋が暗くてよかった。きっと一葉は今、嬉しさのあまり人に見せられない顔になっているだろう。ずっと山科が傍にいてくれるのだと思うだけで、舞い上がるほど幸福だった。

「しかし、おまえが現役軍人だというのも、残念だな。帝都に私がいたとしても、なかなか丸一日一緒に過ごすことはできないのだろうな」

「旦那様は、いつまでこちらに？」

「……ん、ああ……。目処《めど》はつかないが」

「何かあったのでしょうか？」

なんとなく気にかかることがあって、一葉は表情を引き締めた。

すっかり鎌倉に隠棲していた山科が、いったいどうして帝都に出てくることにしたのだろうか。

「何かあったというか……。ここしばらく、身辺があわただしくなりそうだ。こちらにいたほうが、警備の手が回りやすい」

一葉は、心臓を握り込まれたような気分になる。

「何か、御身に大事が？」

「おまえは心配しなくても大丈夫だよ、一葉」

「しかし……」

心配せずにはいられない。

一線から退いたものの、山科はいまだに主上にも影響力がある政治家なのだ。当然、敵もいる。

（お傍にいたい）

こういうとき、軍人である自分が歯がゆい。

ずっと山科の傍にいることができないのだ。

……彼の愛する女性を守るという任務のために。

（なんて皮肉だろう）

「おまえは、本当に心配性だな。私の腕は知っているだろう？　それに、護衛も増やす」

山科は、一葉を強く抱き寄せる。

「それよりも、私はおまえが心配だ。私にとって、唯一の家族なのだから」

一葉はたしかに、山科の養い子ということになっている。山科に絡んで、一葉に害を為《な》
そうという者もいるだろう。

だがしかし、山科本人に比べれば、一葉のほうが安全なはずだ。

一葉の心配よりも、山科には山科自身の心配をしてほしい。

「私は現役の軍人です」

一葉は、小さく呟く。

何かできることがあれば、いいのだが。

（腕のいい退役軍人を、私のほうからも捜そうか。護衛は、多ければ多いだけいい）

山科の身に何かあったら、一葉はどうにかなってしまうだろう。いてもたってもいられ

ない気分だった。

「だが、しばらくは身辺に気をつけなさい。一人で行動したりするんじゃない。……いいな？」

「はい、旦那様」

大人しく頷いた一葉だが、山科がそれ以上相談してくれる気配がないことを残念にも思った。

山科のためにならば、なんだってできる。本気でそう思っているのに、頼ってもらえそうにないのは残念だった。

5

山科が、帝都の本邸に戻ってきて一週間ほど経つ。久々に本邸に戻ってくれば、来客がひっきりなしに訪れ、彼も忙しい身だった。

それでも、一葉が家に戻れば、彼がいてくれる。

そのささやかな幸せを嚙みしめる一方で、一葉は不安も感じていた。

いったい、彼の身に何が起ころうとしているのだろうか。

(私としては、旦那様にはこれからもずっと、本邸にいていただきたいが……)

近衛隊の射撃場で銃を構えながら、一葉は山科のことを考えていた。

剣もたしなむ一葉だが、得意なのは射撃のほうだ。まず的を外すことはないし、十発撃てば全弾真ん中を撃ち抜く。

しかし今は気がかりがあるせいか、調子がよくない。

わずかに的の中心を外して、一葉は表情を曇らせる。ところが、すぐ背後から拍手が聞こえてきた。

「あいかわらずお見事ですね、剣持隊長」

「土御門少佐……」

振り返れば、一筋縄ではいかない副官がいる。

山科に弄ばれたあと、淫らな姿を見せてしまったのは、ほんの一週間前。表情には出さないものの、やはり土御門の前に立つのはばつが悪い。

わずかに目を伏せ、一葉は呟く。

「一発、外しました」

「真ん中を、ということでしょう？　相変わらずお見事だ。……しかし、得意の射撃でも気が紛れないと見える。何かご心配でも？」

「そう見えますか」

「珍しく、愁い顔だ。あなたが、感情を表に出すとは珍しいですね」

一葉は小さく息をつく。

「何かご存じで、私に声をかけてきたのですか？」

「何か、とは？」

「公爵のことです」

一葉の言葉に、土御門は曖昧《あいまい》な笑みを浮かべた。

「私が、隊長以上に先生のことを知るはずがない」

「公爵がお話にならないことでも、あなたの元にならお話が舞い込むのではありませんか？　土御門侯爵」

爵位で呼んでやると、土御門は眉を上げた。

「愚《ぐ》にもつかない噂の類《たぐい》でしたら、いろいろと。しかし、先生に敵が多いのは、今にはじまったことではありませんよ」

「それはそうですが……」

一葉は、溜息をつく。

「しかし、帝都に留まっていらっしゃるというのが、私は不安なのです」

「嬉しいのではありませんか？」

「鎌倉では御身が守れないという状況が、どこが嬉しいものですか」

毎日山科の顔が見られることと、彼が身の危険を感じていることを秤《はかり》にかければ、もちろん不安のほうが大きいのだ。

「隊長は、本当に先生を愛していらっしゃいますね」

いまさら、しみじみと言われるようなことではない。

一葉は返事をせず、再び銃を構えようとした、そのときだ。

ぱたぱたと、不調法《ぶちょうほう》な足音が聞こえてくる。

「隊長……！」

快活《かいかつ》な声は、高瀬のものだ。随分遠くから、一葉を呼びながら走ってきているらしい。

一葉は、ちらりと土御門を一瞥《いちべつ》する。

新人の教育係である副官は、ばつが悪そうな表情になった。

「……教育が行き届かず、申しわけありません」

「高瀬少尉は快活ですが、もう少し落ち着くといいですね。……それにしても、何事でしょうか」

いぶかしげに、一葉は眉を寄せる。

一葉を呼んでいる高瀬の声は、少々焦《あせ》りが滲んでいた。何か困ったことが起きたのではないだろうかと、一葉は推察《すいさつ》する。

（また橘川中尉と篠中尉が口論しているか……。それとも、侍従武官と誰ぞが小競り合いでも起こしたのか）

よく起こっている問題事を、一葉は思い浮かべる。

部隊内で折り合いが悪い者同士の小競り合いはともかく、縄張り意識が強い侍従武官に突っかかられるのにはさすがに閉口していた。

そうであったら、一葉が出向いて場を収めるしかない。

それも仕事だ。

やがて、高瀬が姿を見せた。

「たいへんです、隊長！　……と、土御門少佐もいらっしゃったのですか」

どうにも教育係が苦手らしい新入りは、土御門の顔を見た途端、後ずさってしまった。

「何事ですか」

一葉が静かに問うと、高瀬は自分が走ってきた用件を思い出したようだ。どことなく、手足がじたばたしているように見える身振りで訴える。

「たいへんです！　膳部で、御子の食事の毒味役の女官が倒れました」

「な……っ」

一葉は、思わず息を呑む。

膳部というのは、宮中で食事を担当している部署だ。御子の毒味役の女官が倒れたということは、つまり御子の食事に毒が盛られていたということだ。

膳部のことまでは、『常盤』のあずかり知らぬこと。だが、御子の身に何かがあったとなれば、侍従武官たちと協力して、御子をお守りする義務がある。

「……行きましょう。土御門少佐も……」

「はい」

一葉は生真面目な表情になった土御門と、不安げな高瀬を連れ、膳部へと向かった。


一葉たちが膳部に駆けつけると、そこには既に侍従武官や近衛兵たちが駆けつけていた。

一葉の顔を見た途端、彼らは縄張り意識を剝き出しにして、『常磐』が関わることではないのだと退けようとしたが、一葉は一歩も引かなかった。

静かに一瞥して、煩《うるさ》い口を黙らせる。そして、状況を摑むよう努力した。

雲の上の人々の食事の支度をしている膳部には、毒味役がいる。その係をしている女官が、倒れたのだ。彼女は幸いに、一命を取り留めたという。

しかしながら、誰が毒を入れたかはわからなかった。

御息所が上京している折のこの騒ぎに、一葉は胸騒ぎを覚えた。

「伯爵邸にも人を遣ったほうがいいですね」

御息所は、兄伯爵の屋敷に滞在している。もしものことを考え、一葉は人員を割くことにした。

「しばらく、気が休まりませんね」

土御門は、肩を竦める。

「……これ以上、何事もなければいいが」

一葉は、ひっそりと息をついた。


警護の対応などに追われ、一葉が帰宅したのは深夜近くなってからだった。

しばらく、宮中では警戒態勢が続きそうだ。

山科の身も気がかりなこんなときに、とんでもないことになった。せめて、早く狼藉者《ろうぜきもの》が捕まるといいのだが……。

悩ましい表情のまま、一葉は屋敷に帰る。

すると、こんな時間にも関わらず来客があると言われた。

「大門《だいもん》子爵家の、顕子《あきこ》様です」

出迎えた家令《かれい》に耳打ちされ、一葉は動揺する。

大門子爵令嬢・顕子といえば、妙齢《みようれい》の女性だ。

そして、御息所の血縁の女性であり、たびたび山科の縁談の相手として名前が挙がっている。年は少し離れているものの、相手が山科ということであれば、子爵家のほうは大乗り気なのだろう。

しかも、山科が愛してやまない相手の血縁者なのだ。他の縁談候補よりもずっと、彼女は有利な立場だ。

彼女自身まんざらではないのか、たびたび山科邸を訪れていた。普段の山科は鎌倉住まいで、本邸にはいないというのに、よく花を持ってきてくれている。

「……こんなお時間に」

一葉は表情を曇らせる。

いくらなんでも、妙齢の女性が男所帯を訪れる時間ではない。

「はい、それがご主人様がお怪我されまして」

家令のその言葉に、一葉は血の気が引くような思いを味わった。

邪魔をするのも野暮《やぼ》だし、見苦しい嫉妬だと思われそうだという気がしたが、とにかく山科のことが気にかかる。

一葉は着替えもせず、彼の居間を訪れた。

「……帰りました」

襖を開けずに告げると、中から入るようにと声がかかった。

見れば、布団を敷かれているものの山科は起き上がっており、その傍らに顕子の姿があった。

山科は着物姿だった。その左の片袖《かたそで》ははだけ、包帯が巻かれている。

「帰ったか、一葉」

「はい……」

一葉は、思わず息を呑んだ。そして、客である顕子に挨拶《あいさつ》するのも忘れてしまった。

「旦那様、それは……」

「かすり傷だ」

山科は、ちらりと自分の左腕を見る。

「……わたくしを、庇《かば》ってくださったのです」

顕子は、申しわけなさそうに肩を竦めた。

「顕子様は、どうして」

一葉の声は、自然に詰問《きつもん》するような調子になってしまったかもしれない。

「お花をおわけしようと、お伺《うかが》いしましたら……。暴漢《ぼうかん》に襲われてしまって、そこを公爵に助けていただきました」

顕子は青ざめていた。怖い思いをしたのだろう。

しかし一葉は、彼女をいたわることができなかった。

瞳は、山科の腕の包帯に釘付けだ。

「たいした怪我ではないが、今の時間まで顕子さんが傍についていてくださったんだよ」

「わたくしのせいですもの」

顕子は肩を落とした。

「そうだったのですか……」

「そろそろ、大門子爵家から迎えが来るだろう」

山科は、静かに言う。

「傍についていてくださったことは、ありがたく思う」

「いえ……」

顕子は、終始俯き加減だ。

そういえば、彼女はいつもこうだ。大人しやかに、俯いている印象が一葉には強かった。

山科の怪我はたいしたことがないようだ。

しかし一葉は、自分の心が、逆巻く波のように荒れはじめていることに気づいていた。


「暴漢は、顕子様を狙ったのでしょうか。それとも、旦那様を……？」

大門子爵家の迎えが来て、顕子を帰したあと。

一葉は寝所で、山科に詰め寄っていた。

「それは、もちろん私だろうな」

山科は、空っとぼけた表情になる。

「……なに、たいしたことではない。そんな顔をするな、一葉。せっかくの美しい顔が、鬼のような形相《ぎょうそう》になっている」

「旦那様！」

「……その鬼のような形相も、私のためと思えば愛《いと》しいものだが……」

山科は、一葉の腰を抱き寄せた。

「旦那様、いけません！　お怪我が……」

「大事ない」

一葉を褥に引きずり込みながら、山科は言う。

「心配することなどないと、おまえの体にも知らしめてやろう」

「いけません……！」

一葉は山科を拒もうとする。

山科は刀で斬《き》りつけられたのだという。家令も、医師からかすり傷だと聞いたというが、やはり心配だった。

刀傷を受けているせいか、山科の体は少し熱っぽかった。彼の体の変調に、一葉は胸を震わせる。

山科に敵が多いことは知っていた。そもそも一葉が帝大ではなく陸軍士官学校に通うことを選んだのは、山科を守るため。少しでも、力が欲しかったからだ。

それなのに、肝心なときに傍にいられなかった……。

山科の体に負担をかけないように体を離さなくてはと思う半面、一葉の体からは力が抜けてしまう。

自分の無力が、悲しくて。

自分のすべてで、山科の役に立ちたい。それなのに実際は、彼を守ることすらできないのだ。

(ずっと、お傍にいることができればいいのに)

仕事を持っている現在では不可能なことを、一葉は考えてしまった。

だがしかし、一葉は現在、近衛隊の隊員なのだ。そして、山科のたっての希望で、御息所と御子を守っている。

山科が愛してやまない女性と、そのたった一人のご子息を。

山科の望みを叶えたいと思う。だから一葉は、彼女を守ろうとしているのだ。

けれども、一葉にとっては、山科が想う相手よりも、どうしても山科本人のほうが大事に思える。

(私は、どうしたらいいのだろうか……)

自分の想いを素直に口にできる立場ではないと思っている一葉は、胸に思いの丈を呑み込むしかなかった。

そして、自分を褥へと組み敷く山科を、じっと見上げる。

「どうした、一葉」

山科は、一葉の白い頬へと触れてきた。

「そんな泣きそうな表情で見上げられると、どうしたらいいのかわからなくなる」

「旦那様の、お体が心配で……」

いい年して、泣きそうだと言われるのは、さすがに気恥ずかしかった。一葉は、ほんのりと頬を染める。

「……可愛いな、一葉。おまえの忠義を、嬉しく思うよ」

「私は、旦那様のものですから」

瞳に山科だけを映し、一葉は囁く。心の底からの言葉だった。

一葉には、山科だけ。他に、誰もいらない。

(私は、この方にすべてを与えられた。この方に出会ったからこそ、今の私があるんだ)

ただの恋心だけではない。敬愛も思慕《しぼ》も、あるいは親子の情めいたものすらすべて、山科に向けられていた。

この強い執着があるからこそ、たとえ彼の恋人にはなれなくても、一葉は十年以上の長きに亘って、彼だけを一途に思い続けてきたのだ。

そして、これからも。

(この人がいなくなってしまったら、私は生きてはいないだろう)

思いつめているわけではなく、呼吸するよりも自然に一葉はそう思っている。

山科は満足そうに、口元をほころばせた。

「おまえは本当に、素直ないい子だ。……体の力を抜いて、目を瞑《つむ》りなさい。可愛がってあげるから」

「はい、旦那様……」

呟いてから、一葉はそっと付け加える。

「でも、どうかお怪我に障《さわ》りませんように」

「……そうだな。気をつけよう」

一葉の黒髪を掻き上げながら、山科は囁いた。

「おまえのためにな」

「いいえ、旦那様のためです」

「……何を言うんだ、一葉。おまえは、私が怪我をしたことが、悲しくて心配なのだろう？　だから、そんなおまえを、これ以上悲しませないようにしてやろうと言っているのだよ」

いたずらっぽく笑った山科は、一葉の口唇を塞ぐ。

一葉の不安を拭ってくれる、思いやり深く、甘い口づけだった。

「あ……っ、だんなさ……ま…」

一葉は白い褥の上で、裸身をうねらせる。

山科は、既に一葉の深いところまで入り込んでいた。淫らな肉筒は彼の灼熱を根本まで頬張り、歓喜に震えているのだ。

山科の怪我がどうしても気になって、一葉は思いっきり彼に抱きつけないでいた。手のやりどころに惑っていた一葉に、山科は「乳首を弄っていろ」と命じた。

一葉は恥じらいながらも、自らの乳首へと触れる。

そこは長年に亘り山科の調教を受けたことで、性器以上に感じやすい、性感帯になっていた。普通の男のものよりも大きく、ふくらみがあり、色も変わっている。一目で、男に味わわれることに馴れた乳首だということがわかる形状だった。

「ああ……っ」

自分で触っているというのに興奮してしまい、一葉は淫らな声を漏らす。

「いい声で啼くな、一葉。もっと、存分に聞かせてみろ」

「はい、旦那様……」

一葉は両方の乳首を、きゅっきゅっと捻り出すように括《くく》る。

そして、先端に爪を立てた。

「……はぁ……ん……」

じんと全身が痺れるような、鋭い痛みに貫かれる。

勃起して、山科の下腹と擦れていた性器の先端から、濃い蜜が溢れた。そこは一度山科の口の中で達しているせいか、透明なはずのものにまで、うっすらと白濁が混じっている。

「気持ちいいのか？　おまえの狭い肉筒も、私を締め付けてくる」

「はい……気持ちいいです……」

熱に浮かされながら、一葉は答えた。

「自分で乳首を弄って感じるのか、いやらしい子だ」

「……はい……」

きゅうっと、自分の掌で胸元を摑み、一葉は呟く。

山科は、軽く腰を突き入れてきた。

「ここと、どちらがいいんだ？」

「ひゃぁっ！」

一葉は、甲高い声を上げた。

山科は、一葉の感じやすい場所がどこか、熟知している。彼はいつも、突き入れるときには前立腺を肉棒の傘で擦りつけるように腰を動かすのだ。

　そうされてしまうと、感じやすい一葉はひとたまりもない。

「言ってごらん、一葉」

「……っ、は……ぁ……ん、あ……ああっ」

　性器を抜き差しされ、虐められる。一葉の嬌声は、止まらなくなってしまう。

「あ……っ、中がいい……です、旦那様に虐めていただいている……いやらしい孔が……いい……」

「これからは、ここだけ弄ってやればいいのかな?」

「いいえ……っ」

　意地悪く言われて、一葉は涙目になる。そして、しきりに頭を振った。

　後孔や、前立腺を虐められるのは、確かに気持ちがいい。

　けれども、それはみんな、山科に虐めてもらえるからなのだ。

「旦那様に虐めていただけるなら……どこでも、気持ちいい、です……。乳首でも、どこでも……」

「……おまえは、本当に可愛いな、一葉」

　自分の想いを一生懸命訴えようとすると、山科は嬉しげに目を細めた。

「愛でてやろう。その淫乱乳首が舐めやすいように、摘みなさい」

「……は……い……」

一葉は消え入りそうな声で呟くと、乳首の根元を指で挟んだ。先端は、指の間から覗いているはずだ。

「どうぞ……。旦那様、一葉の淫乱な乳首を舐めてくださいませ……」

「ああ、存分に舐めてやろう」

「あんっ」

山科は、摘み上げた右の乳首に舌を這わせはじめた。

「……っ、ん、いい……あ……旦那様、気持ちいいです……っ」

自分で摘んでいるから、乳首がどんどん硬くなっていくのがわかる。そして、それに吊られるように肉筒は締まり、性器は硬くなっていくのだった。

「乳首を摘みながら、腰まで振って……。一葉は、本当に淫乱だ」

「はい……旦那様に可愛がっていただけるのが嬉しくて……乱れてしまいます……」

全身を高ぶらせ、一葉は息も切れ切れになる。

もっと淫らになるくらい、愛してほしい。手ひどく抱いてほしかった。

そして、山科に悦んでほしい。

（感じてくださっているんだ）

きゅうきゅうに肉襞で締め付けている山科の性器が、一回り大きくなった気がした。それが嬉しくて、一葉はますます乱れていく。

「……ん、旦那様……」

山科に舐めてもらうだけでは物足りなくて、一葉は自分でも乳首を揉みはじめる。そして、盛りがついたかのように、腰を振りはじめる。

「……っ、あ……いい……っ、旦那様の……ん…ちん、気持ちいい……！」

あられもない声を上げ、一葉は山科を悦ばせようとする。彼の肉棒が大きく硬くなっていくために、自分にできることすべてを、しようとした。

「……んっ、だんなさま……旦那様、お情けをくださいませ……っ」

「ああ、情けをくれてやろう。たっぷりと、おまえのいやらしい孔にな」

「……んっ、あ……、ひゃあっ！」

一葉は山科の体を挟み込んでいた膝を立て、思いっきり脚の付け根に力を込めた。そして、全身で山科を締め付ける。

その途端、体内で山科が達した。その飛沫《ひまつ》に煽られて、一葉もまた達したのだった。

深い交接《こうせつ》を解いてからも、一葉は大人しく山科に寄り添っていた。彼が腕に怪我をしていない、左側へ。

山科が、腕の中へと一葉を抱きしめてくれる。

（気持ちいい……）

一葉は、うっとりと目を細める。

体には、とても甘やかな熱の余韻が残っていた。

「……ようやく、顔色が元に戻ったな」

山科は、一葉の頬を指でつついた。

「え……？」

一葉が驚いて視線を上げると、山科は含み笑いをしている。

「真っ青だったからな。……そんなに心配だったのか」

「もちろんです」

性交のあとだからか、いつもよりもずっと甘えたい気分になっていた。ほんの少しだけ、一葉は恨《うら》み言を言う。

「旦那様がお怪我をするなんて……。私には耐えられません。この家に、もっと護衛を入れましょう。それに、お出かけになるときには、できるだけ人を引き連れていってください」

二度と、山科に傷ついてほしくなかった。その一心で、一葉は山科に頼み込む。

「お願いです、旦那様。このままでは、私はおちおち仕事にも行けません」

「それは困ったな。おまえには、大事な任務があるのに」

「……それは、そうですが」

一葉は目を伏せる。

山科にとってはやはり、自分よりも御息所が優先なのだろうか。

彼の気持ちを考えると、複雑になる。

「しかし、旦那様に何かあったら、御方様も悲しまれるでしょう」

「そうだな……。一葉の花の顔《かんばせ》も、曇ってしまうし」

「ご冗談を……」

真剣な話をしているのに、からかわれてしまった。一葉は、かすかに眉を顰める。

「本気だよ。私は、おまえの悲しむ顔を見たくない。それに、おまえが泣くのは私の腕の中だけでいいよ」

「……はい」

山科の気持ちが嬉しかった。一葉のような情人にまで濃やかに気を遣ってくれる彼の優しさに、触れた気がする。

(私は、どんどん旦那様のことが好きになっていってしまう)

一葉は切れ長の目元を染める。

どれだけ淫らに一葉を啼かせたとしても、普段の山科は優しく、そしてとても甘い。一葉は大事に大事に彼に慈しまれ、育てられたのだ。

山科が好きでたまらない。好きすぎて、もうこれ以上好きになることはないと思うのだが、実際には想いは募っていくばかりだった。限りなどない。

「もう、何も不安にならなくていいよ。おまえは、お役目のことだけ考えていなさい。おまえにしか任せられない、大事なお役目なのだからね」

「はい、旦那様」

一葉は、小さく頷く。

彼に恩を返すために、今まで以上に役に立とう。もう、迷わないでいようと一葉は心に誓った。

それが、彼への精一杯の愛情の示し方でもある。

「おまえの言うとおり、ちゃんと護衛もつける。それに、身の回りの世話については、家の者が見てくれる。今日は、顕子さんに随分助けられたが……」

その女性の名を出されると、胸が痛んだ。でも、彼女は山科の看護をしてくれたのだから、悪い気持ちを抱いてはいけない。一葉は、そう自分を抑えた。

「顕子様に、お怪我がなくてよかったです」

一葉は、そう静かに答える。

「ああ、そうだな」

頷いた山科の、一葉を抱く腕に再び力がこもる。

「旦那様、もうこれ以上は……」

「私の怪我もたいしたことがないと、おまえの体に教えてやると言っただろう?」

「あ……っ」

再び、山科が覆いかぶさってくる。そして彼は、一葉の肉付きが薄い尻の狭間に、手を滑らせた。

「まだ濡れているのだろう?」

「あっ、旦那様……」

一葉は身を震わせる。

けれども、求めてもらえることが嬉しくて、一葉はほんのりと頰を染めた。

山科の傍を離れるのは心配だ。だが、一葉が役目をこなすことは、山科の願いでもある。一葉は後ろ髪引かれる思いで出勤し、仕事をこなした。

そんな一葉のもとに、昼過ぎに来客があった。

大門子爵だ。

「このようなところに、どうされましたか?」

一葉は驚きのあまり、目を瞠る。

山科に連れられて参加した園遊会で、何度か顔を合わせたことがあった。しかし、知り合いというわけでもない。縁遠い人だ。

しかも、山科の親族の一人が一緒だった。

「実は、おまえに頼みがあるんだよ。一葉」

山科の親族が、笑顔で言い出した。

「……私に、できることでしょうか?」

一葉は警戒心を表に出さないように気をつけながら、穏やかに問う。

「実は、大門子爵の妹様が、公爵の怪我のことをとても気にしてしまっていてね。ぜひ、怪我がよくなるまで看病《かんびょう》に通いたいと言うのだよ。おまえのほうからも、それとなく取りはからってくれないかね」

「顕子様が……」

一葉は、内心動揺する。

「……それに、ぜひ彼女を公爵のお傍に勧めたいというのが、子爵のご意向だ」

一葉は、背にひやりと冷たいものを感じた。

(ああ、やはり)

子爵は、冷然《れいぜん》とした表情だ。

彼は、一葉と山科の関係を聞かされているに違いない。だから、妹の夫候補が、身分卑しい情人を囲っているというのが面白くないのだろう。

「現在、宮中では大事が起こっています」

子爵の蔑視《べっし》には気づかないふりをして、一葉は穏やかに言う。

「私は、しばらくお休みをいただかずに、お仕えする予定でおりますから」

「つまり、昼間は家にいないということか」

「……帰りも、遅くなるかと」

「うむ。それでいい」

山科の親族は、ほっとしたように頷く。

「いずれおまえも、お役ご免《めん》になるだろう。そのときには私が、よい花嫁を捜してやろうな。おまえは見目良いし、忠義の者だから、気だてのよい娘が見つかるだろう」

「……お気遣い、ありがとうございます」

視線が上げていられなくなりそうだったが、ここで衝撃を受けたような顔を見せるつもりはない。山科の縁談話が出るのは、今にはじまったことではない。けれども、ここまで具体的に話が動くのは、初めてだ。一葉はひどく打ちのめされていた。想像以上に、辛すぎた。

だが、自分の気持ちを、一葉は必死に抑える。

「……見目よい男でなくてもいいのか?」

それまで黙っていた子爵が、仏頂面《ぶっちょうづら》のまま尋ねてきた。

「え……」

一葉は面食《めんく》らう。

どうやら子爵は、一葉は男しか相手にできないと、思いこんでいたようだ。

「公爵の褥に侍《はべ》ってきたのだろう?」

好奇心があるのだろう。

上流階級の人間らしく、身分が低い一葉には遠慮も何もない問いかけをしてくる。

山科の親族が、困った表情をしていた。

一葉は、ひっそりと息をつく。

「すべては、公爵のお心のままです」

それしか、答えようがなかった。

一葉は、今更公爵以外の男に囲われるつもりはない。相手が、誰であれ。

とはいえ、妻を持つつもりもなかった。

「……一葉は子供の頃、葉山のあたりの御方様によく似ていましたからな」

事情を知っている山科の親族は、少し痛ましげな表情になった。彼は一葉を邪魔に思っているというよりも、気の毒にと同情してくれているようだ。

確かに、最初のなれそめを知っている親族たちにしてみれば、山科は自分の想い人にそっくりの少年を引き取り、褥に侍らせていた酷い男になるということかもしれない。

そして、一葉は傷心の山科を慰めるために『女』にさせられてしまった、哀れな少年ということになるのだろうか。

「葉山のあたりの……。なるほど」

子爵は、納得したように頷く。彼は、御息所の遠縁でもあるのだ。山科が彼女に抱いていた恋心も、知っているに違いない。

「そういえば、今も面影が……。それで、公爵はこの者をお傍に置いていたのか」

「もう十年以上にもなりますな。一葉は、よく仕えてくれた。公爵のお心を慰めてくれたのは、間違いない」

「……そういう事情があったとは、知らなかった。だが、もう解放されればよい。この度のことは、おまえにも、よかったではないか」

子爵は横柄な態度だが、一葉へ向ける眼差しには、かすかな憐憫《れんびん》がこもりはじめた。

山科の親族が、一葉を見るときの目だ。

（……私は、そんなにも哀れな人間なのだろうか）

一葉は口答えをしたりしない。だが、こういうときに、いつも胸には同じ疑問が浮かぶ。

（たとえ身代わりでも、私は構わない。旦那様のお傍にいることができて、お役に立てるのならば）

ひっそりと、一葉は口唇を引き結ぶ。

（むしろ悲しいのは、お傍にいられなくなることだ……）

優しげな顕子の顔を思い浮かべると、さすがに胸が痛みはじめた。

彼女は、御息所の血筋だ。それだけで、他の花嫁候補の何倍も有利な立場だった。しかも、本人は気だてがいい。

山科も、その気になってしまうかもしれなかった。

山科が顕子を娶る気になったら、一葉は用済みだ。

彼の傍にはいられない。

(妻を世話してくれるだとか……。そんなお気遣いはいただかなくていい。だが、叶うならば、今の仕事は続けたいものだ)

褥に侍ることができなくなっても、せめて山科の役に立ちたい。彼が信頼し、任せてくれたこの『常磐』で、見事勤め上げたかった。

山科の結婚話を止めることは、一葉にはできない。そんな権利は与えられていなかった。

所詮、身分が違う。

そして一葉は身代わりでしかない、ただの情人なのだ。

以前から、褥に誘われても辞退するべきではないかと、言われてきた。今回のことは、それの延長線上にある。

山科の寝所に女性を近づけるためのいい口実ができたから、このまま力ずくで山科を結婚させるつもりなのだろう。

確かに、山科の立場を考えると、いつまでも独身でいることは難しい。彼は跡継ぎを作らなくてはいけない立場だ。一葉を愛してくれているならばともかく、ただの情人に対して結婚を遠慮するはずもない。

一葉の存在は、彼が家庭を持つための邪魔になる。いずれ、山科邸を出されるかもしれない。

理性では、仕方がないことだと納得していた。

それでもやはり、触れられなくなるかもしれないという想像は身を切られるよりも辛く、一葉はひっそりと息をついたのだった。

6

大門子爵や山科の親族に釘を刺されるまでもなく、一葉は家に帰ることすらできない日々が続いた。

膳部で毒を入れた犯人が、まだ見つからないからだ。

侍従武官や他の近衛隊とも協力し、実行犯である女官は見事捕らえたのだが、彼女は見張り役の近衛兵が目を離した隙に自害《じがい》してしまい、黒幕がわからないままだ。

ただの膳部の女官が、単独で御子を殺《あや》めようと考えるはずがない。

絶対に、黒幕がいるはずだ。

宮中を、不穏な空気が覆いはじめる。黒幕についての噂が、あちらこちらで飛び交うようになっていた。

しかしながら、どう考えても身分高い人々が関わっているとしか思えない事件だ。捜査も、自然に慎重《しんちょう》になっていく。

その分、進みは悪かった。

（……今日も、帰れないな……）

詰め所で報告書に目を通しながら、一葉は小さく息をつく。

既に夜半過ぎているが、これから一葉は侍従武官の責任者である桐原《きりはら》中佐と会議だ。

体力には自信がある。これくらいで音《ね》を上げたりしない。

だが、心は弱くなっていた。

こうして一葉が任務にいそしんでいる間、山科にもしものことがあったら、どうすればいいのか。

山科を襲撃した犯人も、神田川に翌日遺体が浮かんでいた。しかしながら、黒幕はわからないままなのだ。

一葉にとっては、胸が痛いことだった。

それに、現在も、山科の身の回りの世話をするということで、護衛付きで顕子が大門子爵家から遣わされているという。

一葉がいないところで、山科と顕子がどんどん親しくなっていっているのではないかと思うと、切なかった。

一日山科の顔を見ることができたら、この苦しみも少しは和らぐだろうか。それとも、さらに苦しくなっていくのだろうか……。

一葉は、小さく息をつく。

「隊長、まだ残っていらっしゃいましたか」

詰め所の扉が開き、入ってきたのは土御門だった。

「少佐こそ……。伯爵邸からの帰りですか。お疲れさまです」

一葉は立ち上がり、敬礼で土御門を迎える。

現在、御息所は兄伯爵の屋敷に留まっていた。そこは『常磐』の守備受け持ちになっており、副官である土御門を中心に固められている。

「隊長こそ、お疲れさまです。伯爵邸は本日も、特に動きはないようです」

「そうですか。宮中もです」

「まったく動きがないというのも、困ったものですね」

「確かに……。不気味です」

一葉は考え込んでしまう。

この帝都に、御子を害そうとしている不逞《ふてい》の輩《やから》がいる。いったい、それは何者だろう。

そして、山科が襲撃されたことと、関係はあるのだろうか……。

二つの出来事が結びつく、証拠は何もない。

だが、事件が矢継ぎ早に起こっていることは、気になった。

それに、御子の最大の後ろ盾は、山科なのだ。彼らが同時に狙われたとなると、やはり勘繰りたくもなる。

「随分、憂い顔でいらっしゃる。お疲れでしょう。今日は、一度お戻りになってはいかがですか？」

「これから、侍従武官と会議です」

「自分が、代理で出席しましょう」

「いいえ、いけません。それは私の仕事です。少佐こそ、帰宅されてはいかがでしょうか」

土御門の親切はありがたいが、部下に甘えるわけにはいかない。『常磐』の責任者は、一葉なのだ。

きっぱりと断るが、土御門は引かなかった。

「あなたは、自分だけで仕事を抱え込みすぎる。折衝はもちろん、本来ならば部下に任せていればいいのに、現場にもまめに顔を出しているではありませんか。随分、おやつれになっている。今のあなたを見たら、私が公爵に叱られてしまうでしょうね。なんのための副官か、と」

「非常のときです。いくら指揮の立場にあっても、現場に出ないわけにはいかない」

「あなたは、完璧に仕事をこなしている。……だが、身を削《けず》っているのは、どうかと思いますよ。ここしばらく、あなたのほうこそ家に帰っていないのではありませんか？　いざというときに、倒れたらどうするつもりです」

強く窘《たしな》められると、一葉も反論できなくなってしまう。

「……では、今日の会議に出たら、家に帰ります」

「隊長」

「そのかわり、明日は昼からの出仕でもいいですか？　侍従武官の方々に、責任者である私が休んでいるなどと思われたくありません。『常磐』は微妙な立場ですから」

侮《あなど》られるわけには、いかないのだ。

がんとして主張すると、土御門は観念したように頷く。

「……わかりました」

「では、少佐……」

「ただ、私も一緒に会議に出ます。どうせ、あなたのことだ。侍従武官たちの意地悪にも、黙って耐えているのでしょう。ねちねちと責めてくるような輩は、私が話をつけてさし上げます」

土御門は、自信たっぷりに微笑む。

「なにせ私は、侯爵ですからね」

「……ありがとうございます」

一葉は、ひっそりと呟いた。

誰にも言っていないが、確かに一葉は立場が弱い。普段はいいのだが、侍従武官たちと共闘となると、なかなか意見が通りにくい立場でもあった。

会議などが長引いてしまうことが多いのは、一葉が侮られて、何か発言するたびに、持って回った揚げ足を取られることが多かったからだ。とりわけ、これから会う桐原とは相性が悪く、まとまる話もまとまらなかった。

所詮山科の犬、下賤《げせん》の出よと、一葉は侮られ、蔑《さげす》まれている。だが、それらはみんな自分の不徳の致すところだと、一葉は根気強く言葉を重ね、なんとか最善を尽くそうとしていたのだった。

それを、土御門には察せられていたらしい。

「では、今夜はお言葉に甘えましょう」

「そうしてください。……まったく、なよやかに見えるのに頑固《がんこ》な方だ」

土御門は、肩を竦める。

「すみません……」

一葉は、困ったように微笑む。

だが、彼の言葉はありがたかった。

名家権門の出身である土御門だが、決して一葉を軽んずることはなく、支えてくれていた。

一葉に山科の後ろ盾があるからこそなのだろうが、彼の気遣いは嬉しかった。そして、かつての教え子を自分の補佐として選んでくれた山科に、心の底から感謝したのだった。


土御門の尽力《じんりょく》で、思ったよりも早くに会議は終わった。彼は、華族出の侍従武官たち相手にも一歩も怯むことはなく、かえって高圧的な態度に出たくらいだ。さすが、古くには后《きさき》を出したこともある名門の出身。普段は穏やかだが、どこまでも高慢《ごうまん》に振る舞うこともできるのだと、彼とは長い付き合いでもある一葉が驚いたくらいだ。

空が白《しら》むころまで足止めされるかと覚悟していた一葉だが、思ったよりも早くに宮中を出ることができた。

土御門が馬車で送ってくれると言うので、一葉は好意に甘えた。

山科邸の車宿りにまで馬車を回してもらうと、遠回りになる。それで、表側の玄関に近い通りで、一葉は降ろしてもらった。

今日はゆっくり休もうと思いながら、玄関にさしかかったその矢先だ。

いきなり、暗闇から腕が伸びてくる。

「……！」

一葉は声を上げようとするが、口元を布で覆われる。そして、猿ぐつわを嚙まされて、縛り上げられた。

（何者だ……！）

押さえ込まれた一葉は、腹部を殴りつけられる。拳がみぞおちに入ってしまい、一葉は意識を失った。


身じろぎしようとして、手首に鋭い痛みが走った。

その衝撃で、一葉は目を覚ました。

何度も瞬《まばた》きを繰り返して、ひっそりと目を開ける。そこは、どこかの土蔵のようだった。

「ここは……?」

一葉は首を傾げる。

体の自由が利かない。

背中には、痛みも感じる。

どうやら一葉は、腕を上げた状態で、体を括りつけられてしまっているようだ。ひょっとしたら、座敷牢《ざしきろう》の格子を背にしているのかもしれない。脚を大きく広げさせられ、膝や足首も、別々に括りつけられているらしい。

(なんて失態《しったい》だ……!)

一葉は後悔する。

まさか、一葉自身がこんなふうに誘拐されてしまうなんて、思わなかった。

「ようやく、目を覚ましたか」

聞き覚えのある声に、一葉ははっとした。

「桐原中佐……」

思いがけない相手に、一葉は動揺した。

彼は侍従武官の一人だ。

つい先ほどまで、顔を合わせていた……。

「せっかく遅い時間に会議を設定してやったのに、土御門少佐まで連れてくるとはな。おかげで、面倒なことになったじゃなか」

「なんの真似ですか」

口の猿ぐつわが解かれていて助かった。一葉は、桐原を問いただす。

桐原は、家格は伯爵。そこそこに古い家柄だ。

確か妹の一人が、かつて女官として主上にお仕えしていたはずだ。少し前に体を壊し、宮中を退いているが。

自分の出自に誇《ほこ》りを持っているせいか、日頃から一葉に対して辛く当たっていた人だった。どうやら、一葉が自分より若いのに、同格の中佐であることも、気に入らなかったらしい。

特に一緒に仕事するようになってからは、どう考えても邪魔をしているとしか思えない言動が多く、事件の解決に向けて、物事がまったく進展しない原因ともなっていたのだ。

「なんの真似、だと？」

桐原は、蔑むような眼差しになった。

「おまえは餌《えさ》だ。山科を誘い出すためのな」

「……公爵を」

一葉は息を呑む。

「まさか、あなたですか？　この間、公爵を襲ったのは……！」

「ふん、天誅《てんちゅう》を食らわせてやったまでだ」

桐原は、遠回しに肯定した。

「どうして、そんなことを……」

「どうして、だと？　あやつは主上の信頼を得ていることをかさに着て、横暴《おうぼう》な振る舞いをしている。それを、誅してやるまでよ」

「公爵は、そんな方ではありません」

「黙れ、山科の犬め」

「あ……っ」

一葉は目を瞠る。

桐原は素早い太刀さばきで抜刀し、一葉に刃を突きつけてきた。

「……私を殺すおつもりか」

「まだ殺しはせん。山科がここに来たときに、絶望してもらうために、嬲りものにはしてやるが」

狂気に目を輝かせて、桐原は嘯《うそぶ》く。

「あやつにも、自分の大切な者を失う苦しみを、味わわせてやる」

「私を囮《おとり》に、公爵を呼び出すつもりですか」

一葉は、桐原を睨みつけた。

「おまえは、何かと邪魔だからな」

その苦々《にがにが》しげな口調で、一葉はふと気づいた。

「まさかと思いますが、御子に毒を盛ったのも……」

桐原は、酷薄《こくはく》な笑みを浮かべた。

言葉はなかったが、それだけで十分すぎた。

「なんということを！」

「御子には申しわけないが、所詮、山科の手の者だ。……だいたい、おそれおおくも主上の種かどうかもわからぬ。山科が葉山のあたりに懸想《けそう》していたことは、周知の事実だからな。『常磐』などを作ったのも、帝位簒奪《ていいさんだつ》を狙ってのことではないのか？」

「馬鹿な……！」

一葉は吐き捨てる。よりにもよって、桐原は御子が山科と御息所の不義の子ではないかと疑っているのだ。

「公爵の御方様へのお気持ちは、純粋なものだ。邪推《じゃすい》はよせ！」

「黙れ、雌犬」

「……っ」

白刃《はくじん》がきらめく。その途端、一葉の軍服は切り裂かれていた。

そして桐原は、乱暴な手つきで一葉の乳首を捻り上げた。

「なんだ、この女のような色をした乳首は。しかも、大きくなっている」

「……っ、う……」

一葉は、苦痛に顔を歪める。

「山科に尻を差し出して、今の地位を手に入れたのだろう？　汚《けが》らわしい雌犬め。この乳首も奴にさんざん吸わせたのだろう？」

「く……っ」

蔑みの視線を向けられるのは構わない。だが、山科を侮辱《ぶじょく》するのは許せなかった。

「私のことは、どうでもよかろう！　大それたことをして、このままですむと思わないほうがいいでしょう。公爵に力があるのは、主上のご信頼が厚いからです。そして、それに能《あた》うだけの功績があるからです。あなたが公爵を認められないのは、公爵をひがんでいるだけだ」

一葉があくまで気丈《きじょう》な態度を取ろうとすると、桐原はせせら笑う。

「山科に飼われている雌犬のくせに、人の言葉を話すとはな」

「あう……っ」

乳首を、捻り取れるのではないかという強さで、いたぶられる。桐原は一葉を辱めると同時に、痛みを与えるつもりのようだった。

「おまえは黙って、山科が来るまで待ってろ」

「……私を囮に使う気ですか？　無駄ですよ」

一葉は静かに言い放つ。

囮に使われるくらいなら、自決してやる。その覚悟で舌を噛もうとすると、軍服の切れ端を無理矢理口に押し込まれてしまった。

「……うぐ……っ」

「雌犬が、人間のような真似をするな」

桐原は、一葉の軍服のズボンまで切り裂《さ》いた。

そして、後孔へと軍刀の柄《つか》を突きたてる。

一葉が主上から賜った、大切な刀だった。

「……っ、ぐ…う……」

いくら男を受け入れ馴れているとはいえ、馴らしもしない状態で、そんなものを入れられては、たまらない。

一葉は痛みのあまり、冷や汗を流す。

「ここで、さんざん山科を咥え込んだのだろう？　もしかしたら、土御門もか。淫売にふさわしく、ここから引き裂いてやろう。おまえにふさわしい雄犬をあてがったあとな」

一葉は、大きく目を見開いた。

「山科が駆けつけてくるときには、あさましい姿を見せてやれ」

低い声で桐原が笑っていると、静かに土蔵の扉が開いた。

月明かりが差し込んでくる。

そして、桐原の部下らしき者たちと一緒に、大きな犬が入ってきた。どうやら、闘犬のようだ。小牛と見まごう、大きさだった。

息が荒く、興奮しているようだ。

（まさか……）

一葉は、青ざめる。

恐怖が表情に表れてしまったようで、桐原はほくそ笑んだ。

「おまえのような淫売には、発情した雄犬でももの足りないかもしれないな。尊い賜りものまで、こんなふうに呑み込んで……」

軍刀を揺らしながら、桐原は言う。

「……っ、ん……」

一葉は、苦しい息を漏らした。

繊細な肉襞が、傷ついているのがわかる。

だが、その痛みよりも何よりも、犬と交尾させられるかもしれないという恐怖が、一葉の胸を占めていた。

山科を呼び出す餌にされた上に、犬と交尾する姿を彼に見られてしまうのだ。

(死んだほうがマシだ……)

さっさと自決すればよかった。

一葉はほぞを噛む。

しかし、どうして桐原がこんな真似をするのかわからない。

御子に毒を盛ったなど、いかに伯爵とはいえ、死罪は間違いないのに。

「おまえを、嬲って嬲って……嬲りぬいてやる。山科にも、家族を奪われる哀しみを、思い知らせてやる！」

桐原の合図で、犬が連れてこられる。

そして、座敷牢に縛められていた一葉の拘束《こうそく》が解かれる。そのかわり、周りの男たちに強引に四つ這いにされてしまった。

獣《けもの》が交尾をするときのように。

（……犬に、犯される……？）

はっはっと息を吐きながら、大きな犬が近づいてくる。その犬のほうへと、一葉は剝き出しの尻を差し出す体勢を取らされているのだ。

（……いやだ……っ）

一葉は、必死で逃げようとする。しかし、多勢《たぜい》に無勢《ぶぜい》だ。身動きも、ままならない。

全身から、血の気が引いていく。

「たっぷり、犬に犯してもらえ」

犬の息や、獣特有の匂いが、近づいてきた。

桐原は、一葉の後孔から軍刀を抜こうとする。

そのときだ。

いきなり、銃声が辺りに響いた。その途端、一葉を押さえ込んでいた男たちが倒れ込む。

両側から、うめき声が聞こえてきた。

「何者だ……！」

桐原が、声を荒げた。

「ふざけた真似をしてくれたな、桐原」

その声を聞いた瞬間、一葉の体は絶望と喜びとで震えてしまった。

顔は見えない。

だが、声を聞き間違えるはずがない。

山科だ。

彼が助けに来てくれたという嬉しさと、辱められた姿を見られている辛さで、一葉の心は引き裂かれる。

「一葉を放してもらおうか」

「なぜ……？」

「土御門侯爵に一葉を今夜こそ家に帰してくれと頼んでいたのだが、一向に戻ってこないからな。心配になったのだよ」

桐原は、動かない。どうやら、助けに来てくれたのは山科一人ではないようだ。さらなる銃撃を警戒しているのだろう。

「しかし、どうして私を怪《あや》しんだ」

「土御門侯爵が、どうもおまえは宮中での重大事件を解決する気がないようにしか見えないと、教えてくれたんだ。侍従武官でありながら、となと」

山科の声には、ぞっとするほどの凄《すご》みがあった。

現在は政治家とはいえ、かつては戦場で刀を握った人らしい、迫力だった。

「ついでに、またこの時期に人に花嫁候補を押しつけようとする人も現れたりしてな。どうも不審で、よくよく話を聞けば、おまえに裏から踊らされていた様子。御子を殺め、私と一葉を引き離し、一葉を攫《さら》いやすくするためか？　御子を狙ったのも、御子を殺めるのと一葉を奔走《ほんそう》させるのと、一挙両得《いっきょりょうとく》を狙ったということか。私を苦しめ、傷つけた上で殺すつもりだったのだろうが、御苦労なことだ。」

一葉は息を呑む。

では、大門子爵が妹を山科の傍に上げようとしたのも、桐原が裏から糸を引いていたということなのだろうか？

（しかし、どうしてそこまで……？）

男たちの手が離れ、桐原の注意がそれている間に、一葉はそっと体を動かし、軍刀を引き抜いた。柄には血が滲んでいたが、気にしている場合ではない。

そして、そっと桐原の隙を窺《うかが》う。彼は今、一葉を気にかける余裕はないようだ。

「妹御が亡くなって、気でも触れたか」

山科の言葉に、桐原は顔色を変えた。

「おまえのせいだ！　おまえが……っ」

「流産が元で体を壊したというのは気の毒に思うが、あいにく私を恨むのはお門違《かどちが》いだ」

山科は冷静だった。

「白々しいことを言うな！　流産の原因は、御子に仕える女官が、打ち掛けの裾を踏んだせいで、転んだからだと聞いたぞ。御子の身辺の女官は、すべて貴様の手の者だろうが」

「ただの噂を信じるな」

「黙れ！　妹は、おまえを恨みながら死んでいった。絶対に許さぬ！」

桐原と山科のやり取りで、一葉もようやく理解した。

（そうか……。宿下がりをした典侍《すけ》殿は、そのまま亡くなったのか……）

その不幸な話は、一葉も聞いている。

桐原の妹は、典侍として主上の寵を受け、懐妊した。しかし、転んだせいで流産してしまったのだ。宮中での、不幸な事故だった。

そのとき、たまたま御子付きの女官が傍にいたそうで、彼女が打ち掛けの裾を踏んだのではないかと疑われたという話は、一葉も聞いている。しかし、主上付きの女官もその場に居合わせて、それはまったくの言いがかりだと証言していた。

だがしかし、我が子を失った典侍《てんじ》は、納得しなかったのかもしれない。その後、体を壊したとは聞いていたが……。

　一葉は下腹部の痛みをこらえ、刀を抜く。

　不幸には同情するが、山科を恨み、御子を殺めようとするのは逆恨みでしかない。

　彼の狂気じみた暴走は、ここで止めてやる。

「そこまでにしていただきましょう、桐原中佐」

　一葉は伏せたまま、桐原の足下を狙い、体勢を崩す。そして素早く立ち上がると、彼に刀を突きつけた。

「貴様……！」

　桐原は、仰天《ぎょうてん》したように声を上げた。

「公爵は、女官をわざと流産させるような真似はされません」

　桐原の喉元を狙いながらも、一葉は静かに言う。

「かつて、葉山のあたりの御方様も、同じ哀しみを味わっていらっしゃいます」

　後宮の勢力争いのすさまじさは、今に始まったことではないのだ。

「……そういうことだ、桐原」

　山科は、低い声で言う。

「ついでに、大事な者を失い過激な報復《ほうふく》に走った貴様は、私が自分の大事な者を傷つけられ、許したりはせぬということもわかっているな?」

桐原に銃口を向けた山科の手元から、撃鉄を引く音がきこえた。

一葉は、慌《あわ》てて彼を制する。

「なりません、公爵。お手を汚しては!」

「だが、見過ごせぬ」

普段の余裕ある態度はどこへやら、山科は厳しい表情だった。彼が自分のために怒ってくれているのは嬉しい。だが、罪を犯させるわけにはいかなかった。私刑は罪になってしまう。

「お二人とも、そこまでにしてください」

土御門が、姿を現す。彼は、幾人かの男たちを引きいていた。『常盤』の部下ではなく、私兵のようだ。

「別の場所を探していたら、いつのまにかこんなことに……。桐原伯爵は華族籍剥奪の上、罪を償《つぐな》っていただきましょう。お二人の名誉が、このような者のために傷ついてはいけません」

「兵衛」

教え子の顔を見て、山科は少し落ち着きを取り戻したようだ。

「……先生のそのようなお顔は、初めて見ました」

土御門は、含み笑いをする。

少し距離があるし、暗いせいで、山科がどんな顔をしているのか、一葉にはわからない。

そのようなお顔というのは何か、少し気になった。

「……仕方あるまい」

山科は近寄ってくると、一葉が組み伏していた桐原の胸ぐらを摑んで引き立て、思いっきり殴りつけた。

「これで勘弁しておいてやる」

山科は皮肉げに笑った。

「……私を傷つけるためというのならば、狙いどころは、よかったぞ。だが、よすぎて私を本気にさせたな」

「くそ……っ」

桐原は、舌打ちする。そして、うなだれた彼は、誰か女性の名を呼んだ。

もしかしたら、亡くなった妹の名だったのかもしれない。

山科が連れてきた男たちが、桐原をはじめとして、狼藉者たちを捕らえはじめる。これでもう、大丈夫だ。気が抜けたせいか、一葉はふと意識が遠のく。

「一葉……！」

山科が、名前を呼んでくれている。

一葉のことを大切な者と言ってくれた山科。そして、こんなにも一葉のことを心配してくれている山科……。

彼の足手まといにはなってしまったが、一葉はささやかな喜びに似た感情を抱いてしまった。

たとえ身代わりでも、情人でしかなくても、愛している男に「大切」と言ってもらえる。こうして、身を案じてもらえる。

たとえ彼との関係の果てにあるのは別れでしかなくても、一葉は幸せ者だ。

彼を愛してよかった。そう、心から言える……。

7

怪我と過労から倒れてしまった一葉は、強制的に療養《りょうよう》を命じられた。

桐原が逮捕され、御子に毒を盛ったり、山科を傷つけたりした件が彼の仕業《しわざ》だと明らかになったため、少し余裕ができたこともある。

事件が解決して三日後。短いとはいえ、旅路に耐えられるまで体力が回復するのを待ってから、一葉は山科の箱根の別荘で体を休めることになった。

初めて山科に抱かれた、あの別荘だ。

(こんなにのんびりするのは、久しぶりだな……)

十数年ぶりに訪れた懐かしい場所で、珍しくくつろいだ着物姿になり、一葉は息をついた。

日頃忙しくしているせいで、どうにものんびり過ごすというのは性《しょう》に合わない。おまけに山科にきつく言い含められているらしく、使用人たちは、決して一葉に何もやらせようとしなかった。

気遣ってもらえているのは、嬉しい。とはいえ、ついあこれこれと考え込む時間は増えた。

今回の件では、山科に迷惑をかけて、本当に申しわけなかった。彼を守りたいと思っていたのに、結局は弱みになってしまった。今回は何事もなかったからいいのだが、自分のせいで山科に何かあったらと思うと、耐えがたい気分になった。

またこんなことがあったら、どうすればいいのだろうか……。

一葉は、憂鬱《ゆううつ》に考えてしまう。

(今回の桐原伯爵は無事に捕縛《ほばく》されたが……。今後同じようなことがあるくらいならば、関係を絶ったほうがいいのだろうか)

自分ごときのせいで、山科を思い煩《わずら》わせるのは申しわけない。所詮、愛人でしかないのだから。

一葉は、柱にもたれかかるようにして見事な日本庭園を眺めながら、ぼんやりと考える。

桐原は、大門から一葉と山科の真の関係を聞き出したらしい。

それにしても、難儀なことだ。

確かに、一部の人間は一葉と山科の関係を知っている。だが、それを政敵に利用されるとなると、困ったことになる。

山科の名にも、傷がつくだろう。

山科が一葉を箱根で療養させることを決めたのも、煩わしい帝都の噂を避けるためなのではないだろうか？　実際に、山科の親族が陰でそう勧めているのを、一葉は聞いてしまっていた。

口さがない人々に何を言われているのか。考えるだけで、一葉の気持ちは沈んでいく。ただの情人でしかない一葉を、「大切」と言ってくれた山科の気持ちは嬉しい。だが、そろそろ潮時なのだろうか。

これ以上、山科の不利にならないために。

山科はこの箱根には来ていない。おそらく、帝都で事後処理に走り回っているのだろう。すでに、一葉が箱根に来て七日ほど経つ。彼からは、音沙汰なしだった。

一葉は、小さく息をつく。

あまりにも、山科に対して申しわけなかった。しかし、彼と離れるという決断は、一葉にとっては身を切られるより辛いものでもある。

理性と感情がぶつかり合い、一葉自身にも、ままならない。

うなだれていた一葉は、ふいに足音が聞こえてきたことに気づいた。

顔を上げると、使用人が傍らでかしこまっている。

「……どうしましたか」

崩れていた襟元を直して一葉が問うと、使用人は神妙《しんみょう》な表情で答えた。

「公爵様がいらっしゃいました」

「え……っ」

どうして山科が、こんなところに？

思いがけない言葉に、一葉は目を開いた。


「旦那様、どうしてこちらにいらっしゃったのですか」

両手をついて山科を出迎えると、彼は眉を顰めた。

「まったく……。療養に来たんだ。そんなに堅苦しくしなくていいんだよ、一葉。楽に休んでいたらどうだ」

「もう、すっかり体はいいのです」

「いいものか。桐原に足を引っ張られて、仕事を抱え込む羽目になって疲れていたあげくに、あんな辱めを……」

憮然《ぶぜん》とした山科の言葉に、どきりとする。

一葉は、悄然《しょうぜん》と俯いた。

「申しわけありません」

「なぜ、おまえが謝る？」

「……あさましい姿を、お見せしてしまって」

一葉は、そっと口唇を噛んだ。四つ這いに這わされ、犬をけしかけられた姿なんて、絶対に山科には見られたくなかったのに……。

「一葉」

山科は、大きく息をついた。

「おまえのそういう慎ましやかで控えめな性格、素直な健気《けなげ》さを私は愛でているが、自分を蔑むような発言はやめなさい」

「申しわけありません」

「兵衛に聞いたぞ。桐原には、相当手こずらされていたようだな。相手が侍従武官だとはいえ、理不尽な嫌がらせに一人で耐えるものではない。そういうときこそ、公爵・山科克久の縁者だと言って、ふんぞりかえってやれ」

「そんなことは、できません」

一葉は目を伏せる。

「私は、ただの平民です。旦那様にお情けをいただいているだけの身ですから」

「おまえは素直だが、頑固だな」

山科は溜息をつくと、一葉を抱きしめる。

「だ、旦那様……!」

「触れさせろ、一葉」

「……あ…」

せっかく直していた着物の襟元を乱され、胸に触れられる。一葉の体は、びくっと震えてしまった。

山科のためにならないのであれば、関係を切らなくてはいけないと思っている。それなのに、体は反応した。山科を、どうしようもなく欲しがっている。

「もう怪我はいいのか?」

一葉の乳首を撫でながら、山科は尋ねてくる。そこを桐原に捻られたときには痛みしか感じなかったが、こうして山科に優しく触れてもらえると、癒《いや》されるような気がしていた。

そこが男に愛撫されるためのものになっていることを、桐原には蔑まれたが、山科がこういう体に作り替えてくれたのだと思うと、恥じ入るどころか、誇らしいとすら思えた。

「はい……」

「桐原邸の土蔵でおまえの姿を見つけたときには、心臓が止まるかと思ったぞ。私のせいで、辛い目に遭わせてすまなかった」

「いいえ！」

一葉は、大きく首を横に振る。

「私のほうこそ、旦那様の邪魔になってしまいました。こんなことならいっそ……。もうお情けをいただかないようにしたほうが」

その言葉を口にするのは、さすがに辛かった。一葉は、ぎゅっと掌を握ってしまう。

「私のような者が、旦那様の弱みになってはなりませんから」

「何を言うんだ、一葉」

山科は、きつく一葉を抱き寄せた。手放すまいとするようなその仕草が嬉しい半面、悲しくも思った。

「……私はただの身代わりの、情人ではありませんか。奥様や、本物のご家族ならばともかく……」

言葉にすればするほど胸が痛くなることを、一葉はなんとか紡いでいく。それが、山科のためだと信じて。

「幸い、大門子爵家の顕子様は気だてがよく、おまけに御方様の縁の方ですし……。私などよりも、ずっと旦那様のお傍にふさわしい方です」

同じ身代わりでも、一葉よりもずっと彼女のほうがいい。それは、諦めまじりの悲しい覚悟だった。とても辛いけれども、簡単には受け入れられないにしても、山科のためという一念で、一葉は自分の気持ちに整理をつけようとした。

「……一葉」

山科は、深々と溜息をつく。

「謙虚《けんきょ》が過ぎるのも、どうかと思うぞ」

山科の腕が、動いた。あっという間に、彼は一葉を畳の上に組み伏していた。

「旦那様……！」

一葉の黒い瞳を、山科の力強い瞳が覗き込んでくる。

彼は苦笑を漏らした。

「だいたい、おまえはいつまで、自分が身代わりだと思っているんだ？　容貌は面変わりし、かつて少女と見まごうばかりだった姿かたちも、淑やかな青年のものになったというのに……。今のおまえは、御方様とそっくりというほどではなくなっているじゃないか」

「え……？」

一葉は、目を丸くする。

御息所から、どんどん容貌が離れていってしまっていることは、一葉が一番恐れていたことでもあった。だからこそ、御息所の縁者であり、やはりどことなく顔立ちが似ている大門子爵令嬢の存在に胸を痛めたのだ。

それなのに、山科は今、なんと言った？

「私は、おまえを愛しているよ」

一葉の口唇を吸い、山科は囁く。

「もうずっと前から、私にはおまえだけだよ、一葉。とうに、身代わりでもなんでもない。……確かに葉山のあたりのあの方は、私の大事な幼なじみだ。お守りせねばと思っている。それが、主上のたっての願いでもあるし」

「旦那様……」

一葉は、目を大きく見開く。

彼が言っていることが、にわかには信じられなかった。『常磐』を作り、御息所を守ろうとしていたのは、彼女への愛情ゆえではなかったのか？

（私が、身代わりではない……？）

足下が、ばらばらと崩れていくような気がする。一葉はうろたえて、ものも言えなくなってしまっていた。

山科は、一葉の髪を撫でた。とても大事にしていてくれているのだとわかる、優しい手つきで。

「おまえのように可愛らしい者に一途に慕《した》われ、どうして愛でずにすむ？　信じられないという顔をしているから、何度でも言ってやろう。私が愛しているのは、おまえだけだ」

「……」

喜びのあまり、言葉も出ない。一葉はただ、胸の内で山科の言葉を反芻《はんすう》する。

「おまえにも、私の気持ちは伝っていると思っていたが……。やはり、言葉にしなくては駄目か。あれだけ、この体を愛してやったのに」

一葉の着物の前をはだけさせながら、山科は呟く。

「本当ですか、旦那様……？」

一葉は、上目遣いで問う。

あまりにも幸せすぎて、なかなか信じられなかったのだ。

身分違いで、おまけに身代わりの情人でしかないと、ずっと自分の気持ちを抑えていたのだから。

「嘘をついてどうするんだ。一葉、考えてもみなさい。ただの情人であれば、本邸に住まわせたりしない。使用人たちも、家刀自として扱ったりしないだろう？　それに、私が兵衛をおまえの副官にしたのは、可愛いおまえを守るためだよ」

　山科は、深々と溜息をついた。

「それから、顕子さんを私の傍近くに置いていたのは、彼女の狙いが私ではなくて、おまえだったからだ。たっぷり牽制《けんせい》してやったから、二度と近づいてこないだろうが。まったく……。こんなに愛おしんでいるというのに、気づいてもらえなかったとは、私はこの世でもっとも不幸な男だ」

　からかいまじりにぼやかれて、一葉は目を潤ませた。

　ずっと、身代わりだと思っていた。

　情人でかまわないと、思っていたのだ。

　けれども、愛してくれているというその言葉が、嬉しくないはずはない。

　一葉はずっと、山科のことしか見ていなかったのだから。

「……では私は、旦那様をお慕いしても、いいのでしょうか……？」

　一葉は、恐る恐る山科に尋ねた。

「もちろんだよ、一葉」

山科は微笑む。

「私の方こそ、おまえを愛してもいいのかと、ずっと悩んでいた。おまえを縛ってもいいのか、健気に尽くしてくれたおまえが、いつでも望んだ時には自由になれるようにしておいてやるのが、せめてもの思いやりではないかと……迷っていたよ。だが、おまえが私を愛しているというのであれば、私が愛していることを受け入れてくれるのであれば、私はこの世で一番不幸な男から、この世で一番幸せな男になれる」

「旦那様……」

一葉の黒い瞳が、潤みはじめる。

もちろん、それは喜びの涙だった。

「ずっとお慕いしておりました。ずっと、ずっと……！」

首にかじりつくと、山科は額に口づけてくれた。優しく、甘い接吻を。

「私も、おまえを愛していたよ。……葉山のあたりのあの方をまだ姫だったときに失い、二度と誰も愛せぬとは思っていたが……。自棄《やけ》のように手元に置いたおまえを、私は愛した。素直で健気な、可愛い一葉をな」

信じられないほど嬉しい言葉に、一葉はしきりに頷く。

「……泣くな。おまえが泣くのは、私に虐められているときだけでいいんだよ」

一葉の涙を払いながら、山科は言う。

「とにかく、おまえが長年私の気持ちに気づかなかったということは、よくわかった。これはもちろん、仕置きをせねばいけないな。……なあ、一葉?」

冗談めかして囁かれ、一葉は顔を真っ赤にする。

しかし、はにかみながらも呟いた。胸には、淫らな快楽への期待が一杯に詰まってしまう。

「……どうぞ、ご存分に一葉を虐めてください。旦那様」

彼から与えられるものであれば、一葉にとってはすべてが悦びとなるのだから。

山科は、一葉をその場で抱かなかった。横抱きにして、褥まで連れていってくれた。

「怪我が治ったか、見てあげよう。脚を開きなさい」

「はい、旦那様……」

一葉は自ら、着物の裾をたくし上げる。そして、脚を大きく開き、恥ずかしい場所を山科の目にさらした。

「出血していたようだが……。今は、大丈夫そうだな」

「はい……」

　山科が後孔に顔を近づけて話しているから、息がくすぐったい。一葉は、小さく身を捩る。

「舐めてあげようか？」

　尋ねられるだけで、はしたない後孔は反応してしまう。疼き、小さく開閉したのを目ざとく気づいたようで、山科はほくそ笑んだ。

「いやらしい子だ、一葉。何をひくつかせている？」

「申しわけありません……っ」

　一葉は息を呑む。

「旦那様に舐めていただけると思うと、嬉しくて」

「一葉は、舐められるのが好きなのか？」

「……はい。旦那様にでしたら……」

「いい子だ。ご褒美をあげよう」

「あん……っ」

　山科の温かな舌が、後孔を舐めてくれる。その心地よさに、一葉は身震いした。

ひくひくと、後孔が息づくように蠢く。

「――が、もう硬くなっているぞ」

からかうように、山科の指が伸びてくる。性器をさすられて、一葉は身震いをした。その拍子に、先端に溜まっていた雫が、とろりと落ちてしまう。

「旦那様が、触れてくださるからです」

一葉ははにかみながら、素直な想いを打ち明ける。好きな人だから、触れられるだけで嬉しい。虐められ、啼かされても、幸せだった。

「私が触れたのは、おまえの小さな孔だよ」

「でも……旦那様に可愛がっていただけると思うと、それだけで感じてしまいます」

一葉が頬を染めると、山科は意地悪く笑った。

「私は、虐めてやろうとしているのにな。一葉は、仕置きでも悦んでしまうはしたない体だから……。虐められていても、可愛がられていると思ってしまうのかな？　おまえには、仕置きの意味がない」

「……旦那様にされることであれば、なんでも私は嬉しくなってしまいます」

一葉はさらに大きく脚を広げ、山科にはしたない部分がよく見えるように身じろぎした。山科を受け入れ、悦んでもらうための場所を。

「私のすべては、旦那様のものですから……」

初めて抱かれたときには、己の立場を自覚するためでもあるかのように、その言葉を何度も繰り返し言わされた。けれども、今の一葉は、心からそう思っている。

自分は、髪の毛の一筋まで、山科のものだ。

「おまえは、本当に健気で可愛いよ」

山科は一葉の太股に口唇を押しつけた。

「たくさん、私の跡をつけてやろう。私のものである証を……」

「はい、旦那様」

肌を吸われる、その感触が心地いい。背筋がぞくぞくしてしまう。一葉は色が白いから、吸われたその場所には朱が散っているだろう。一人になったら、鏡でこっそりと見てしまうかもしれない。彼に愛されたのだと、実感するために。

「今日は、たくさん、ゆるりと愛でてやろう。……初めてのときのように」

「はい、旦那様」

一葉が微笑むと、山科は覆いかぶさってきた。彼は一葉の顔中に接吻しながら、はしたない一葉の後孔を指でまさぐる。

山科の前ではたやすく開かれる一葉の体は、山科の指をすんなり呑み込んだ。抜き差しされても、中で折り曲げられたり、指の股を大きく広げられても、一葉の肉襞は歓喜した。もっと触れてほしくなる。

そして、できれば指なんかよりも、もっと熱くてたくましいもので。

山科に想われているという喜びが、既に全身を高ぶらせている。そのせいか、今日の一葉はいつも以上に感じやすかった。少しでも山科が触れるだけで、びくびくと腰が震える。早く、中に山科が欲しいのだ。

「……っ、だんな……さま…」

一葉は恥じらうように、睫を伏せた。

「……どうか、お情けを……」

狭隘《きょうあい》な肉筒を、猛《たけ》ったもので貫いてほしい。そして、そこに熱い飛沫をたっぷりとかけてほしかった。

「私が欲しいか?」

「はい、旦那様の――で、一葉を可愛がってください」

躾けられた通りに誘うと、山科は微笑んだ。

「……いいだろう…」

「……っ、ん…」

山科の指が、ゆっくりと引き抜かれていく。そのかわり、熱く猛ったものが、一葉の最奥に押し当てられた。

一葉の大好きな男の、体の一部。熱のかたまりが。

「あ……っ」

一葉の白い下腹が、ひくひくと蠢く。一番太くなっているかりの部分を呑み込むと、あとは楽だ。抱かれ馴れた体は、すぐに彼へと懐いていく。柔らかな肉襞で、しっとりと彼を包んでいくのだった。

「……っ、ん……あ……旦那……さま……奥に……っ」

感じやすい肉襞が、じんと痺れる。快楽の熱が、一葉を濡らしていく。

ところが、根本まで一葉に含ませると、山科はふいに動きを止めてしまった。

「旦那様……？」

いつもみたいに貪ってくれないのが不思議で、一葉は濡れた眼差しで山科を見つめる。

「中で、ゆっくりさせてくれ」

いたずらっぽく笑う山科は、こつりと一葉へ額を押しつけてきた。

「そういえば初めてのときは、ここまで柔らかくなかったな。たっぷり馴らしてやらないと、辛そうだったのに……」

「はい……」

一葉は、目を細める。そういえば、そんな時代もあったのだ。まだ無垢で、愛され方を知らなかった頃が。

「懐かしいな……。あの頃は、おまえをここまで想うようになるとは、考えてもいなかった。今まで、辛い想いをさせたこともあるだろうな。許せ。……その分、一生涯おまえを愛で続けるから」

優しく囁いてくれた山科の眼差しには、かすかな悔《く》いが滲んでいた。それは一葉への思いやりゆえだとわかる。そんな彼の気持ちが、嬉しい。

「……私は、旦那様が想ってくださっても、想ってくださらなくても、旦那様をお慕いしています」

一葉は、真顔になる。

すると山科も、負けないくらい真顔になった。

「それでは、独り相撲《ずもう》になってしまうのではないかな」

「でも、想っていただけるのであれば、今まで以上に幸福です。私こそ、この世で一番幸せな男です」

山科の頬にそっと触れると、一葉の手のぬくもりを味わうように彼は目を伏せる。

「いや、私たちは、ということだろう？」

互いが互いを想っている。それだけで、この世で一番幸せだと言える。

そんな相手に巡りあえた一葉は、とても幸福だ。

(馬車の前に、飛び出してよかった)

十六歳のときのことを、思い出す。あのときは、とても絶望的な気分だった。けれども、絶望は希望につながっていたのだ。

こうして、山科に愛してもらえる今へと。

「はい、旦那様……」

一葉は山科の頬を包んでいた両手を滑らせて、彼のたくましい首筋から肩、そして背中へと回した。

そして、彼を自分の胸へと大事に抱きしめる。

「どうぞ、お情けをくださいませ」

しっとりと濡れた声でねだると、山科は一葉の腰を抱き込んでくれた。そして、激しく一葉の肉襞を貪りはじめる。

「……っ、は……あ、やぁ……っ！」

「愛しているよ、一葉」

「私も……お慕いして……あ……っ、ああ……ん！」

肉棒でこねくりまわされる肉襞が、よくてたまらない。息が詰まりそうになるほど感じて、一葉は身を震わせる。

「……っ、あ……あ、いい……いいです、旦那様、もう……お許しください……っ」

深い場所を責めたてられ、一葉は甘い声で喘ぐ。そして、達してほしいとせがんだ。

願いは、すぐに叶えられる。

「……っ、あ……あぁ……」

熱い欲望が、下肢で弾けた。

ぐったりと弛緩《しかん》した一葉の体を、山科はしっかり抱き寄せる。

「愛しているよ、一葉。……また、ここで過ごそうか。一週間、ずっとおまえを抱いていてやる。そして、私の想いをおまえに教えてやる」

彼の『妻』になるために、この別荘で一週間過ごした。でも今度は、想い合っている悦びを確かめ合うように、彼に抱かれ続けるのだ。

「……はい、旦那様。教えてくださいませ」

一葉は、幸せ一杯の笑顔で微笑んだ。

あとがき

　こんにちは、あさひ木葉《このは》です。今回は、軍服シリーズ第二弾をお手にとってくださいまして、どうもありがとうございました。

　前回の深春《みはる》がツンデレ受なので、今回の一葉《ひとは》は素直クール受を目指したら、どこをどう間違ったのかちょっとだけ淫らな受になってしまったような気がしています。本当は、もっと過激な表現をしたいところですが、担当さんに「あさひさんの良心にお任せしますから……」と穏やかに諭《さと》されたので、自粛《じしゆく》してみました（笑）。

　もっとも、淫らとはいっても、好きな相手ただ一人限定ってことで！　ちょっと調教完了しちゃってるだけで、好きな人にならなにされてもいい、悦んでもらえるなら幸せっていう、健気さんなのです……と主張をしてみてもいいでしょうか。十年以上もの間、ずっと、山科《やましな》というたった一人の男のことだけを考えて生きてきた一葉なので、多少淫乱でも（笑）、可愛いと思っていただけたら嬉しいです。

　最近、私がエロ書くときに卑語萌えだったりするので、今回もなんというか、調教というか、アレな感じになっていますが、一葉に「旦那様」と山科を呼ばせるのはとても楽しかったです。いい響きですね、旦那様。今度はもっと小さい子でもやってみたい気も……。

さて、今回も、小路《こうじ》龍流《たつる》先生の美麗なイラストで飾っていただきました。ウェブの連載も含め、三組のカップルに素敵な姿形を与えてくださいまして、本当にありがとうございました！　とりわけ、表紙のちょっと甘えた感じの一葉がお気に入りです。本当に本当にありがとうございました。

担当さんも、いつもありがとうございます。ここのところ、ご迷惑をおかけしどおしで、すみません。今度こそ、もっと優等生に生まれかわります……。

この本をお手にとってくださいました皆様、あらためてありがとうございます。皆様の支えがあってこそ、続いているお仕事です。本当に、言葉では表現しきれないくらい感謝しています。私の書いた本が、楽しい読書タイムのお供になっているのなら、嬉しいのですが……いかがでしたでしょうか？　ちょっとでも、気に入っていただけるものになっていますように。それではまた、どこかで皆さんにお目にかかれたら嬉しいです。

軍服《ぐんぷく》の花嫁《はなよめ》

プラチナ文庫をお買いあげいただき、ありがとうございます。
この作品を読んでのご意見・ご感想をお待ちしております。

★ファンレターの宛先★

〒112-0004　東京都文京区後楽 1-4-14
プランタン出版　プラチナ文庫編集部気付
あさひ木葉先生係 / 小路龍流先生係

★読者レビュー大募集★

各作品のご感想をホームページ「Pla-net」にて紹介しております。
メールはこちら→platinum-review@printemps.co.jp
プランタン出版HP http://www.printemps.co.jp

著者——**あさひ木葉**（あさひ このは）
挿絵——**小路龍流**（こうじ たつる）
発行——**プランタン出版**
発売——**フランス書院**
〒112-0004　東京都文京区後楽 1-4-14
電話（代表）03-3818-2681
　　（編集）03-3818-3118
振替　00180-1-66771
印刷——誠宏印刷
製本——小泉製本

ISBN4-8296-2336-5 C0193